光文社文庫

長編推理小説

能登花嫁列車殺人事件

西村京太郎

光　文　社

目次

第一章　観光列車「花嫁のれん」

1

現在、日本を走っている鉄道は、三つに分けられるといわれる。

第一が生活に根ざした、通勤、通学の普通列車。

第二は、その地方の特徴を取り入れた、日常生活とは、関係のない、むしろ生活とはかけ離れた観光列車。

そして、第三が、観光列車がさらに進化した、豪華なクルージングトレインということになる。

大都市を走っている普通列車は、ＪＲも大手の私鉄も黒字経営で、安泰だが、過疎に悩む地方の普通列車は、現在どこも苦しんでいる。ほとんどが第三セクターだが、北海道などは経済的に維持できなくなって、一日の運行本数を減らしたり、中には、廃線に、追い込まれているところもある。

こうした生活に根ざした普通列車に比べれば、観光列車のほうは、まだ威勢がいい。中には、赤字のところもあるが、何とか黒字経営に持っていっているところも少なくないからである。

それにしても、現在は観光ブームである。至るところで、さまざまな観光列車が走っている。

始まりは、たぶん、お座敷列車だろう。赤字に悩んでいる地方の第三セクターなどでは、一両を貸し切りにして、車内でのお花見を楽しむ、いわゆる、お座敷列車が、最初はいくらも、誕生した。

それに続いて生まれたのは、おそらくSLブームである。公害のせいでいったん廃止されたSLが、今度は観光列車として返り咲き、今も多くの客を呼んでいる。

その後が地方の食事や風景を売り物にした観光列車である。今や、この観光列車が全国の至るところで、走っている。そのいくつかを挙げてみよう。

JRから挙げれば、JR北海道の「くしろ湿原ノロッコ号」、JR東日本の「リゾートしらかみ」、JR西日本の「奥出雲《おくいずも》おろち号」、同じくJR西日本の「のはなし」、瀬戸内海の景色が楽しめる、同じくJR西日本の「瀬戸内マリンビュー」などがある。

JR四国も負けてはいない。「伊予灘《いよなだ》ものがたり」を走らせているし、他には、京都では「丹後くろまつ号」、「嵯峨《さが》野《の》観光鉄道」、九州では「おれんじ食堂」などがあり、特にJR九州の場合は、有名なデザイナーと組んで何本もの観光列車を走らせている。

「ゆふいんの森」、「いさぶろう・しんぺい」、「はやとの風」、「海幸山幸《うみさちやまさち》」、「あそぼーい！」、「A列車で行こう」、そして、最近走るようになったのが「或る列車」という奇妙な名前の観光列車である。

観光列車を進化させたのが、最近目立っている豪華列車、クルージングトレインであり、その先陣を切ったのがJR九州の「ななつ星in九州」だった。

この「ななつ星」は、車内の豪華さが売り物で、乗客が喜ぶことを第一にした。

車内にピアノを置き、その伴奏で、乗客のリクエストに応じて、ヴァイオリンの名手が曲を弾いてくれる。寝台に横になったまま、窓外の景色を楽しめるように、窓枠は思い切って下げた。食事は、毎日、九州の名料亭のシェフが、乗り込んできて、作ってくれる。

そのため――わざわざ九州に行かなくては乗れないし、料金も高いというのに、希望者が、殺到して切符は高い倍率の抽選になった。

「ななつ星」の成功を受けて、JR東日本とJR西日本も、同じような豪華なクルージングトレインを走らせることになった。その一つがＪＲ東日本の「ＴＲＡＩＮ ＳＵＩＴＥ《トランスイート》四季島」であり、ＪＲ西日本の「ＴＷＩＬＩＧＨＴ ＥＸＰＲＥＳＳ《トワイライトエクスプレス》瑞風《みずかぜ》」である。

どちらも料金が高く、豪華な動くホテルを売り物にしているが、どちらも切符を取るのが大変らしい。

そして、問題は、北陸を走る観光列車「花嫁のれん」である。

2

雑誌「鉄道アラカルト」の編集者、黒木《くろき》は、編集長から、北陸を走る観光列車「花嫁のれん」の取材を命じられた。

「『花嫁のれん』とは、はたして、いかなる列車なのか。どうやら珍しい列車らしいので、次号のカラーページで、大きく紹介したい。一般の人は『花嫁のれん』という名前さえ知らないだろうから、詳しく取材をして、どんなものなのか、それを詳しく書いてほしい」

と、編集長が、いった。

黒木は、銀座にある大手の旅行代理店に行き、「花嫁のれん」という観光列車のパンフレットをもらった。

そこに書かれた説明によれば、「花嫁のれん」というのは、北陸の石川県を中心とした旧加賀藩一帯に昔から伝わる嫁入り道具の一つらしい。婚礼の日、花嫁は、嫁ぎ先に掲げられた、加賀友禅で作られた通称「花嫁のれん」をくぐって嫁入りする。それを観光列車に応用したというのである。

二両編成の外観は、ピンク色の華やかなもので、和と美のおもてなしと書かれている。外観は輪島塗や加賀友禅をイメージしたものらしい。

この列車が運行されているのは、主に金土日と祝日ということで、とにかく、乗ってみなければ、優雅さや楽しさが分からない。そこで黒木は、去年入社したばかりの新人の女性編集者を連れて、取材に行くことにした。

新人の女性編集者は、鬼名綾乃《おになあやの》という名前で、可愛い顔をしているのだが、苗字のほうは、鬼の名前とやたらに重々しい。

黒木は、鬼名綾乃にカメラを持たせて、三月二十日、「花嫁のれん」の取材のために、出発した。

東京駅から北陸新幹線の金沢行きの「はくたか」五五一号に乗った。東京発六時二八分で、終点金沢着は九時三五分である。

列車が走り出すと、黒木は東京駅の売店で買ってきた缶ビールを二本飲んだ。そのせいもあってか、そのうちに眠たくなってきた。

黒木は、綾乃に向かって、

「金沢に着くまでの間、車内の写真も適当に撮っておいてくれ」

そういって目を閉じると、ウトウトしてしまった。

九時三五分終点の金沢に着く。

鬼名綾乃は、腕時計に、目をやって、黒木に、

「この時間なら、一〇時一五分発の『花嫁のれん一号』に、まだ、間に合いますよ。急ぎましょう」

と、いう。

「ちょっと待て」

黒木は、ホームにいる駅員を捕まえて、何やら、話し込んだ。

その後、戻ってくると、

「仕方がないな。君のいう通り一〇時一五分発の『花嫁のれん一号』に乗ろう」

と、いった。

「花嫁のれん」は金沢—和倉《わくら》温泉間を、下り二本、上り二本が走っている。

一〇時一五分発の「花嫁のれん一号」は金沢を出ると、途中、羽咋《はくい》、七尾《ななお》に停車し、そ

の後は終点の、和倉温泉である。

「とにかく乗ろう」

と、黒木が、促すと、綾乃は、歩きながら、

「何かおかしいな」

と、いった。

「何がおかしいんだ？」

「だって、黒木先輩は、一〇時一五分発の『花嫁のれん一号』に乗りたくなさそうじゃないですか。『花嫁のれん一号』の次は、四時間後の一四時一五分に発車する『花嫁のれん三号』でしょう？　『花嫁のれん一号』に乗らないで、三号が出発するまで四時間も待っているんですか？」

「せっかくこっちに来たんだから、金沢の街を少し見て廻ろうかと思っただけだ。まあ、いい。とにかく、一〇時一五分発の『花嫁のれん一号』に乗ろう」

と、黒木が急にせかした。

二人は、ホームに停まっている「花嫁のれん一号」に乗り込んだ。

座席は全席指定席で、二人の乗った一号車は二人用、三人用、四人用と分かれていて、それぞれに桜梅《おうばい》の間とか撫子《なでしこ》の間といった名前が付いていた。

二人が乗ったのは、二人用の個室、菊の間である。ただ、個室とはいっても、独立した、個別の部屋があるわけではなくて、S字形に曲がった廊下を歩き木の格子で囲まれた半分個室の部屋に入るだけなのだ。それよりも、黒木は通路の方に感心した。

列車の通路は、普通は一直線なのに、この列車は微妙に曲がり、その上飛び石模様になっていて、まるで京都の何とか小路のような感じになっているのは、一つの知恵だなと、黒木は、思った。

出発までの間、綾乃は、そうした車内の造りを、盛んに写真に撮っていた。

カウンターが、一号車にも二号車にもあって、そこにいるアテンダントは、全員が和服姿である。とにかく、列車全体で和の美しさを強調しているのだ。

列車が走り出して綾乃は、カメラを片手に走り廻っていたが、戻ってくると、黒木に向かい合って腰を下ろし、顔を突き出すようにして、

「分かりましたよ」

と、嬉しそうに、いった。

「分かったたって、何が?」

「黒木先輩の企み」

と、綾乃がいう。

「企みって、俺が、いったい何を企んだというんだ?」

「向こうのカウンターで、アテンダントの女性に聞いてみたんですよ。この『花嫁のれん』は、出発の時間によって車内で提供されるものが違うんですって」

「それで?」

「この一〇時一五分発の『花嫁のれん一号』で出るのは、スイーツセットですけど、時間によっては、ほろよいセットというのがあって、和倉温泉の加賀屋が選んだお酒と肴が出るんです。黒木先輩は、その、ほろよいセットが出る列車に乗りたくて、本当は、この一〇時一五分発の『花嫁のれん一号』には、乗りたくなかったんじゃないですか? どうですか、違います?」

と、綾乃が突っ込んでくる。

「残念ながら、下りの列車では、ほろよいセットは出ないんだ。帰りの、上りの『花嫁のれん四号』で出るんだ。その取材もしたいから、その『花嫁のれん四号』にも、乗るぞ」

と、黒木は、笑いを殺して、いった。

若い綾乃は、北陸のスイーツが出て、ご機嫌である。

仕方がないので、黒木は、自分の小さなデジカメを持って、車内を歩いてみた。

一番の見ものは、あらためて、通路だと思った。通路にはグリーンのじゅうたんが敷かれた、その上の石のような模様は、やはり、京都の石塀小路にあるような飛び石をマネているのだろう。

その他、半個室の背中には、美しい加賀友禅の、いわゆる「花嫁のれん」が下がっていた。

黒木と綾乃は、途中で、食事を取ることになった。列車に乗る前に、あらかじめ食事券を買っておいたので、それを示すと、お弁当が、渡された。

たぶん、このお弁当も、加賀屋の料理長が厳選したものなのだろう。北陸のお弁当らしく、合鴨料理やシイタケ、ニンジンなどが豊富に入っている。

それに、添えられているのは、おそらく加賀屋で作ったと思われる加賀ドリンク、加賀棒茶である。

それでも、黒木には何となく物足りないのは、彼が酒好きで、金沢から和倉温泉行きの「花嫁のれん」の中で、ほろよいセットが飲めると勘違いしていたからである。

黒木たちが乗っている「花嫁のれん」は特急列車である。だから、途中、羽咋と七尾しか止まらない。

それなのに、飾り付けなどが優雅なせいか、車内を見ていると、特急とはいっても、ゆっくり、のんびりと走っているように思えてしまう。

列車が羽咋を過ぎた時、突然、一号車の車内が、やかましくなった。花嫁衣装を着た女性が、通路をゆっくりと、歩き出したからである。

最初、黒木は、カウンターにいたアテンダントの一人だろうと思って見ていたのだが、違っていた。花嫁衣装を着ている上、頭の部分に顔を隠す白い綿帽子を、かぶっていたからである。

まるで、実際の花嫁のように、彼女は草履《ぞうり》を滑らせるように、一号車の通路をゆっくりと歩き、そして、どこかに、消えてしまった。

どうやら、羽咋の次の、七尾駅で降りてしまったらしい。

一時車内が騒がしくなったが、それも収まってしまった。花嫁姿の女性は、通路を歩いて消えてしまったが、別に何か犯罪的なことを、したというわけでもなく、乗客の多くは、それが、鉄道会社が仕組んだ宣伝と思っていたのかもしれない。

「今の、写真に、撮ったか？」

黒木が、綾乃に、確認した。

「もちろん、ちゃんと撮りましたけど、あのモデルの人、七尾駅で、降りちゃったんですか？」

と、綾乃が、聞く。

「ああ、いなくなったから、おそらく七尾で降りたんだと思うが、あの女性は、ＪＲに雇われたモデルじゃないよ。誰かが、あんな真似をさせたんだ。しかし、何のためにあんなことをやったのか、その理由が分からないよ」

と、黒木が、いった。

「花嫁のれん一号」は、定刻の午前一一時四二分、終点の和倉温泉に着いた。

その温泉街の旅館の一軒を予約しておいたので、二人はまず、その旅館に、チェックインした。

部屋に案内されると、黒木は、喉が渇いていたので、冷蔵庫を開け、そこに入っていたビールを飲んだ。

綾乃のほうは、これからの予定を黒木に聞いてから、

「夕食の前に、旅館街の写真を撮ってきます」

と、いって、カメラを持って旅館を出ていった。

黒木は、部屋の窓を開け、海を見ながら東京の編集長に、電話をかけた。

「今、和倉温泉に着きました」

「よし。分かっているだろうが、仕事で来ていることを忘れるな。あまり飲むなよ」

「『花嫁のれん』号の中では、ほろよいセットが出るというので、内心、期待していたん

ですが、残念ながら、あれは上りの列車にしか、出ないんですね」

「そんなに、残念そうにいいなさんな。それで、何かトラブルになるようなことは、起きていないだろうな？」

と、編集長が、聞いた。

「私たちは『花嫁のれん』の一号車に乗ったのですが、途中から変な客が、乗ってきましてね」

「変な客？」

「そうです。通路を、花嫁の格好をして歩いていたんです」

「若い女性か？」

「おそらく、そうだと思います。ただ、白い綿帽子をかぶっていたので、顔までは、分かりません」

「ＪＲが企画したイベントじゃないのか？」

と、編集長が、聞いた。

「ええ、最初は、そう思いました。アテンダントの女性がやっている営業かもと思ったんですが、そうじゃありませんでした。途中の七尾で降りてしまいました。なぜ、あんなことをやったのか、いくら考えてみても、分かりません」

と、黒木が、いうと、編集長は、一瞬考えていたが、

「その女の写真は撮ったのか？」

「鬼名綾乃に、確認したら、ちゃんと撮ったそうです。東京に帰ったら見せますから、できたら、誌面に、載せてください」

「分かった。写真を見てから決める。それより、明日は、能登半島を、ちゃんと取材してきてくれよ。何しろ、『花嫁のれん』だけじゃ、ページが埋まらないからな」

と、編集長が、いった。

「分かっています。もちろん、こちらもそのつもりで、いましたから」

と、いって、黒木は、電話を、切った。

夕食は、食堂でのバイキングだった。町の取材から帰ってきた綾乃と、食堂で、夕食を取った。

3

翌日、二人は「花嫁のれん」の本場といわれる七尾の町に向かった。七尾の、有名な一本杉通りを見たかったからである。

七尾駅の近くを流れる御祓川《みそぎがわ》にかかる仙対橋《せんたいばし》から桜川の小島橋までの、約五百メートル、これを一本杉通りと呼んでいる。

「この通りには古い商家が多いから、どこでも花嫁のれんを持っているんだ。代々家に伝わっているものもあれば、新しく作ったものもあるらしい」

通りを、見回しながら、黒木が、綾乃にいった。

「それじゃあ、この一本杉通りは、東京でいえば銀座通りとか、日本橋の商店街のようなものですか？」

「まあ、そんなところだな」

黒木は、いい、まず通りの近くにある「花嫁のれん館」に入って、そこで、花嫁のれんの歴史などを聞くことにした。

さすがに「花嫁のれん館」というだけあって、館内には、新旧の花嫁のれんがズラッとかかっている。

「この花嫁のれんですけど」

と、カメラのシャッターを、押しながら、綾乃が、いった。

「花嫁が嫁ぐ時先方の家の花嫁のれんを、お嫁さんがくぐっていって、その家のしきたりに従うことを誓うのかと思ったら、違うんですね。花嫁さんのほうが、自分の家で作った花嫁のれんを持っていく。嫁ぎ先のほうは、その花嫁のれんを、飾って、花嫁さんが、それをくぐる。それで初めて、その家の花嫁として認められるということらしいのです」

「だから、花嫁のれんには、花嫁の実家の家紋が必ず描かれているんだ」

と、黒木が、いった。

その後、係員が、花嫁のれんの歴史を、説明してくれた。

花嫁のれんというのは、一見すると華やかすぎて、武家か商家に伝わる風習かと思ったが、係員の話では、庶民の風習だったといい、それが盛んになったのは、幕末から明治にかけてらしい。

その色や柄も時代ごとに流行というものがあって、さまざまな花嫁のれんが作られたと、係員が、いった。

「花嫁のれんというものは、たいてい絹で作られていて、加賀友禅の手法が用いられています。花嫁は、嫁入りの時に相手の家の玄関先で、実家と婚家の水を、半分ずつ混ぜて飲んだあと、実家の紋を入れた花嫁のれんを婚家の仏間の前に飾り、それをくぐります。花嫁は、嫁ぎ先の仏前で手を合わせて、どうぞよろしくお願いしますといって、誓うのです。七尾では、そこから結婚式が始まるのです」

と、係員が、教えてくれた。

来月四月の二十九日になると、花嫁道中のお祭りがあるという。今は三月の二十日を過ぎたばかりだから、その祭りには間に合いそうもない。

「花嫁のれん館」を出ると、二人は、まっすぐな一本杉通りを、適当に写真を撮りながら、滝の方向に向かって、ゆっくりと歩いていった。

一本杉通りを、何度か写真を撮りながら往復した後、黒木は、パンフレットを見ながら、

「さて、次は、本延寺《ほんねんじ》という寺に行ってみたいな」

と、いった。

「本延寺って何かあるんですか？」

と、綾乃が、聞く。

「この七尾という町は、有名な絵師、長谷川等伯《はせがわとうはく》が生まれたところなんだ。長谷川等伯は奥村家という家に生まれていて、本延寺というのは、奥村家の菩提寺《ぼだいじ》だよ」

と、黒木が、いった。

「それなら行ってみましょう。私も長谷川等伯は好きです」

急に元気な声になって、綾乃が、いった。

場所が、分からないので、七尾の駅前でタクシーに乗り、本延寺に、連れて行ってもらうことにした。

寺がたくさん集まっているところは、普通は、寺町通りとでもいうのだろうが、この七尾では高台にあるので、山の寺《やまでら》寺院群《じいんぐん》と呼ばれている。その中の一つが、本延寺だった。

二人が、タクシーを降りて、本堂に向かって歩いていくと、人の叫び声が聞こえた。

「何か事件があったらしい」

と、黒木が、いった。

「それじゃあ、取材しますか、それとも逃げますか？」

と、綾乃が、いう。

「逃げる前に、一応、何があったのかを見てみようじゃないか」

といって、黒木が、走り出した。

本堂の前に人垣ができていた。

のぞくと、その輪の中に、花嫁衣装を着た女性が俯伏《うつぶ》せに倒れていた。頭には、綿帽子をかぶっている。

「『花嫁のれん号』に乗っていた彼女ですよ」

綾乃は、カメラを向けて盛んにシャッターを切りながら、いった。

「いや、そうじゃないだろう。着ているものが違う」

と、黒木が、いった。

「あの列車の中で見た花嫁が着ていたのは、加賀友禅の孔雀《くじやく》をあしらった、きれいな花嫁衣装だったが、倒れている女性が着ているのは白無垢だよ」

と、黒木が、いった。

そのうちに、遠くから、パトカーのサイレンが、聞こえてきた。

「何がどうなるか分からないから、とにかく写真を、たくさん撮っておけ」

と、黒木が、いった。

パトカーから降りてきた二人の警官が、こちらに向かって慌てたような様子で、走ってくるのが見えた。

綾乃は、その二人の警官の姿も写真に撮った。

二人の警官は、声をあげて、野次馬を遠ざけると、俯伏《うつぶ》せに倒れている女性の体を、ゆっくりと、仰向けに直した。

遠巻きに、その様子を見ていた人々の口から、「あっ」という声が上がった。仰向けにされた白無垢の女性の、首から胸にかけてが血で真っ赤に染まっていたからである。

右手には、短刀を持っていた。体のそばに、美しい模様の短刀の鞘《さや》が転がっている。

(短刀で自分を刺したのか?)

と、黒木は、思った。

本署に連絡をしているのか、警官の一人が大声で電話をかけている。その声が聞こえてくる。

「本延寺の本堂の前で、若い女性が死んでいます。自分で喉《のど》を刺したのではないかと思われます。理由は分かりませんが、なぜか白無垢を着ています」

と、報告している。

「どうします？」

と、綾乃が、黒木のそばに来て、小声で、聞いた。

「こうなったら、この事件、全部写真に撮っておくんだ」

と、黒木が、いった。

さらに三十分ほどすると、刑事たちと鑑識と検視官がやって来た。彼らの動きを人々が遠巻きにして見つめている。

綾乃は、黒木にいわれた通り、めったやたらに写真を撮りまくっている。

黒木は、刑事や鑑識、検視官の話し声に耳を澄ませた。

検視官は、死後一時間から二時間は経っていると、刑事に説明していた。

「自殺かね？」

と、刑事の一人が、いい、検視官が、

「まだ断定はできませんが、その可能性もありますね。たぶん、自分の喉を短刀で掻き切ったんだと思います」

と、いっている。

「どうして、彼女は、花嫁衣装を着ているんだろう？　それも白無垢だよ」

「例えば、結婚を約束していた恋人に裏切られて、覚悟の自殺をしたのかもしれません」

若い刑事が、甲高《かんだか》い声で、いった。

「身元が分かるようなものを持っているかどうか、探してみろ」

年かさの刑事が、若い刑事に、いっている。

二人の刑事は、警官たちにも、周辺を探すように命じた。警官は人垣をさらに遠ざけてから、本堂の周辺を、調べ始めた。

黒木は、少し離れたところで、刑事たちの動きを注視しながら、東京の編集長に電話をかけた。

「今、七尾市に来ています。長谷川等伯で有名な本延寺という寺に来ているのですが、本堂の前で、白無垢に白い綿帽子をかぶった若い女性が、短刀で喉を突いて死んでいました。駆けつけてきた地元の刑事は、自殺の可能性が高いといっています。どうしますか？」

「写真は撮っているのか？」

「新人の彼女が、夢中になって撮りまくっていますよ。しかし、単なる自殺なら、われわれが取材をするようなことではありませんね」

と、黒木は、いったが、編集長は、

「とにかく、たくさん写真を撮っておけ。後になって、何かの、役に立つかもしれないからな。あ、それから、金沢から乗った『花嫁のれん』の車中に、花嫁姿の女性が、いたんだろう？」

「ええ、そうです。モデルのように、車内を歩いてから、七尾で、降りたようです」

「寺の中で死んでいる女は、同一人か？」

「まだ分かりません。とにかく、二人とも綿帽子を深くかぶっていましたから、顔が分からないのです。それと、着ていた着物が違います。『花嫁のれん』の車内で見たのは、鮮やかな加賀友禅の着物でしたが、こちらは、白無垢です」

「身元が分かったら、調べてみてくれ。もし、死んでいる女性が東京の人間なら、何か記事につながるかもしれない」

「もし、地元の人間だったら、どうしますか？」

「その場合は、取材する必要はない」

編集長は、いやに冷たい口調で、いった。

黒木は、しばらくの間、じっと様子を見守っていた。そのうちに寺の表に救急車がついたらしく、担架を持った救急隊員が二人、境内に入ってきた。倒れたまま動かない女をその担架に載せて、救急車のところまで、運ぶらしい。

黒木は、綾乃に合図して、寺の門に走った。そこに待たせておいたタクシーに乗り込む。

その間に、救急隊員が、運んでいった女は、救急車に収容されて、すぐに、救急車が走り出した。

「あの救急車を追ってくれ！」

黒木が、タクシーの運転手に、大きな声で、いった。

救急車が着いたのは、七尾駅近くの総合病院だった。その近くで、黒木たちも、タクシーを降りた。

「もう、亡くなっているのに、今さら病院に運んだってしょうがないでしょうに」

と、綾乃が、いう。

黒木は、笑って、

「警察としては、死んでいても死因と死亡推定時刻を知ることが、これからの捜査にはぜひとも必要なんだよ」

と、いった。

救急車が走り去った後、間を置いてから、黒木は、病院に入っていき、受付で少しだけウソをついて、

「たった今、救急車でこちらに、運ばれてきた女性ですが、ひょっとすると、私の知り合いかもしれないんです。それで、どんな容態なのか、それを教えていただけませんか？」

と、いった。

受付の女性は、黒木の言葉を信じたのか、

「運ばれてきた女性は、すでに亡くなっていましたよ。救急車の隊員の方も、警察が一応、先生に死因を調べてほしいといっている。そういって帰っていかれました」

かんたんに教えてくれた。

黒木は、礼をいって、病院を出た。

二人はその後、タクシーに乗り込むと次の取材地の能登島に向かった。

何年か前に、黒木は能登島に来たことがあった。その後で能登に大きな地震があったり、水族館ができたりしている。

それでも、能登島の中は、昔通り、農業と漁業が盛んに行われ、素朴な住人の精神風土に満ちあふれていた。そして、段々畑も健在である。

その能登の景色を、黒木が手帳にメモし、綾乃が、写真を撮りまくった。

その日は、能登島の中にできた新しいリゾートホテルで、一泊することにした。

ホテルのレストランで、夕食をすませたあと、東京に電話しようとしていたところに、逆に、編集長から、電話がかかってきた。

「七尾で見つかった女の死体は、その後、どうなった？　何か、新しいことが分かったか？」

と、編集長が、聞く。

「死んだことは、どうやら、確認されたようですが、地元の警察が、七尾駅の近くの総合病院に運んでいって、死因と死亡推定時刻を調べたようです。私なんかが見た限りでは、自殺のように思えるのですが、警察は、一応、他殺の線も捨て切れないようですから、自殺と他殺の両面から調べるんじゃありませんか？」

と、黒木が答えた。

「今、能登島か？」

「そうです」

「あと一日だけ、七尾にいてくれ。そして、死んだ女のことを、できるだけ調べてみてくれ」

と、編集長が、いう。

「何かあったんですか？」

　逆に、黒木が、聞いた。

「実は、私の友人で、中央新聞の記者をやっている男がいるんだが、その男が、電話をかけてきてね。七尾で白無垢姿の女性が死んでいて、騒ぎになっていると話したら、友人は、何でも、しばらく前から行方不明になっている有名な女優がいて、ひょっとすると、彼女じゃないかといってるんだ。だから、もう一日だけ七尾に泊まって、その女性のことを調べてくれ」

「その女優の名前を教えて下さい」

「宇野喜代子《うのきよこ》だ」

「聞いたことがありませんが」

「一瞬の栄光だったからな」

「何ですか？　一瞬の栄光って」

「今から、十五、六年前に、突然、現れた女優だ。新人賞、助演女優賞などが与えられたが、なぜか、一作だけで、渡米して、アメリカ映画と、フランス映画に出た。だから、知らない日本人がいても不思議はない。私も、その日本映画を見た筈なのに宇野喜代子という名前を覚えていなかったからね」

「その時の写真ありますか」

「君のケイタイに、送るよ」

「今も、外国の映画に出ているんですか？」

「いや、日本映画に戻ってくるという話がある」

「じゃあ別人ですよ。そんな人が、花嫁衣装を着て、観光列車に乗ったり、能登の寺の本堂の前で、死んでいる筈が、ありませんから」

と、黒木は、いった。

「そんな理屈は、どうでもいいから、しっかり調べて返事をくれ。君の考えは、どうでもいいんだ」

と、編集長は、いって電話を切ってしまった。

しかし、宇野喜代子の写真は三枚、黒木のケイタイに、送ってきた。

彼は、勝手に、現代物の映画のことを考えていたのが、三枚とも時代物だ。

大名の姫君
花嫁姿の女性
若衆姿に化けた女性

この三枚の写真である。何となく、ストーリイが読めるような写真である。

この映画に出演した時、十五歳だとも、記されていた。

とすれば、現在、三十歳くらいの筈である。

事件を報じた地元の新聞はどれも身元不明と書き、

「警察は、自殺、他殺の両面から捜査している」

と、報じていた。

また、自殺説をとる新聞は、

「抗議の自殺か？」

とも、書いた。

黒木は綾乃を連れて、まず、地方紙の「七尾新報」社を訪ねた。

「鉄道アラカルト」の名刺を出し、

「その後、死んだ女性のことは、何かわかりましたか？」

と、聞くと、本延寺の写真を撮った記者は、

「何もわからないよ。身元不明だから、警察に聞いても、捜査はまったく進んでいない。

そちらは、何かわかっているのか？　何か知ってるのなら、教えてくれ」

と、いう。

黒木はポケットから、三枚の中の一枚、花嫁姿の写真を取り出して、相手の前に置いた。

「死んだ女性は、この女優に似ていませんか？」

と、きいた。

「知らない女優だな」

「名前は宇野喜代子。十五、六年前に、日本映画に一本だけ出ています。映画の名前は、『北の城の花嫁』です」

「その映画のことも知らないな」

「でしょうね。ただ、その映画に出演した女優、宇野喜代子じゃないかという人がいるんです。この時、十五歳ですから、今は、三十歳くらいの筈です」

「年齢だけは、そのくらいだ。ただ写真がない。苦悶の表情で死んでいたので、それを発表すると、逆に、間違えた情報が生まれてしまうと、警察は、心配していてね」

「じゃあ、写真は無しですか？」

「警察は、発表していない」

「他のものはどうなんですか？　着物とか、短刀とか、何かわかったことは、ないんですか？」

「短刀は、専門家が、かなりの名刀だといっている。江戸時代の名工が鍛えたもので、ツバや鞘にほどこされた彫刻も立派なので、大名の姫君の持物ではないかといわれているが、具体的な刀匠の名物が、浮かんではいないんだ」

と記者はいう。

短刀は、大名の姫君の持物？

女優の宇野喜代子が、唯一、出演した映画が「北の城の花嫁」か。

何となく、共通しているようだが、黒木はそのことは、黙って、新聞社を出た。

黒木が、次に行ったのは、七尾警察署だった。

ここでも、黒木は、宇野喜代子の写真を担当の篠原《しのはら》という刑事に見せた。

その篠原刑事も、

「年齢は、そのくらいだが、彼女かどうかはわからないね」

と、同じことをいった。

「正直にいうと、こちらも、その写真と、宇野喜代子という名前しかわからないのです」

「芸名かどうかもわからないのか？」

「芸名だと思います」

「思います、か」

「何しろ、日本映画には一本しか出ていなくて、あとはアメリカ映画とフランス映画に出ていますから。アメリカ映画には、別の、アメリカ人に親しみのある名前で出ているようです」

「しかし、一本は日本映画に出ているんだろう?」

「そうです。十五、六年前に作られた『北の城の花嫁』です」

「待てよ。その映画、見ているよ」

と、突然、篠原刑事が大声を出した。

「本当ですか?」

「私が十代の時に見たんだ。確か七尾城がモデルになっていると聞いた。新人女優が姫君をやっていたが、きれいだったということは、覚えているよ」

篠原刑事は、三十歳くらいだろう。とすれば、十五、六歳の時に、映画を見たということになる。

「その話は、どんなストーリイなんですか?」

「私が覚えているのは、こんな話だ」

と、篠原刑事が、話してくれた。

七尾には、加賀百万石の前田藩の支藩、長尾藩が置かれていた。江戸時代、長尾の若君は、大変な美男子だった。その名前は長尾重里《しげさと》。金沢の前田家に、新年の挨拶に伺った時、十五歳の姫君に惚れ、二年後に、その姫君が、長尾家に嫁いでくる。しかし、そのためねたまれて、さまざまな噂が流された。中には、前田家に反逆を企んでいるという、まことしやかな噂などもあって、とうとう、前田家から、姫君を帰し、重里本人に対しては、隠居するよう命ぜられた。

それに対して重里は、姫君を金沢に帰すことには応じたが、隠居せず、前田家と戦うことを選び長尾城に立て籠もった。よほど、口惜《くや》しかったのだろう。しかし、彼に従う家臣はわずか十七名。それに対して、押し寄せた前田家の兵力は、五百人。長尾城は一日で陥落するだろうと思われたが、離縁した姫君が城に舞い戻り、白無垢の花嫁姿で前田家の軍勢に立ち向かっていった。

その姿の美しさに、敵味方とも、見惚《みと》れたという。

「こんなストーリイだ。長尾藩は架空だが、この土地に伝わる正史がもとになっているそうだ」

と、篠原刑事が、付け加えた。

「お姫さまは、一度は、長尾重里と結婚したわけですから、その時、白無垢じゃなかったわけでしょう？」

と、黒木は、聞いた。

「もちろん、そうだ。映画でも、美しい花嫁衣装を着ている時と、ラストで、白無垢姿と、二通りの衣装だったよ。それも、あの映画の狙いだったんだろうね」

「映画のラストは、覚えていますか？」

「確か、長尾重里が、城に火を放って自刃《じじん》し、それを見守ってから、姫君は、懐剣で、喉を切って死ぬ。白無垢の着物と、真っ赤な血が飛び散るのがきれいだったよ」

と、篠原刑事が、いった。

「同じですよ」

「何が？」

「女は、列車『花嫁のれん』の中では、加賀友禅の美しい着物姿で現れ、最後の本延寺では、白無垢姿で、短刀で、喉を切って死んでいた。しかも、その白無垢の着物に、真っ赤な血が、飛び散っていたんです」

と、黒木はいった。

篠原刑事は黙っていた。

第二章　十五歳十五年

1

黒木は、いったん和倉温泉に行き、旅館の温泉で疲れた体を、癒してから、翌日、同じ上りの「花嫁のれん」に乗り、金沢に戻ることにした。

もちろん、明日の「花嫁のれん」は、ほろよいセットが出る、一六時三〇分の列車を予約した。

捜査に行き詰まった篠原を助けるように、京都から入江洋一郎《いりえよういちろう》という、映画監督が到着した。

黒木が同席を希望すると、篠原刑事は、

「いいですよ。特別に許可しますが、その代わり、一言もしゃべらないでいてくださいよ」

と、いった。

入江は、問題の映画「北の城の花嫁」の監督で現在七十歳だった。映画「北の城の花嫁」を監督した時は、五十五歳だったという。

「遺体は、ご覧になりましたか？」

と、篠原が、聞いた。

「ええ、会って来ましたよ」

「それで、ご覧になった遺体は、宇野喜代子さんに、間違いありませんでしたか？」

「ええ、間違いなく、宇野喜代子さんでした。十五年ぶりに顔を見たのですが、あの映画のヒロインを演じた宇野喜代子さんでした。間違いありません」

入江が、繰り返す。

「それでは、宇野喜代子さんについてお聞きしたいのですが、今、入江監督は十五年ぶりに彼女の顔を見たと、そうおっしゃいましたね？　ということは、あの映画を撮ったあと、渡米したあとの彼女とは、一度も会っていないということですか？」

「ええ、会っていません。彼女が、日本で映画の仕事をしていれば、絶対にどこかで会っているはずですから、帰国もせず、映画の仕事から足を洗ったんじゃないかと、そんなふうに思っていたんですが」

　と、いった後、入江が咳《せ》き込んだのを見て、篠原刑事は、すぐ飲み物を持ってこさせて、

「宇野喜代子さんが、問題の映画に出演されたのは、何歳の時だったんですか？」

　と、聞いた。

「高校生でしたから、たしか、十五歳か十六歳だったと思いますね。それはもう初々《ういうい》しい姫君で、魅力的な新人が、出てきたと思ったものです」

「入江監督から見て、宇野喜代子さんというのは、どんな人でしたか？」

「そうですね、一言でいうならば、天才でしょうかね。これは天才には、ありがちなことですが、わがままでしたよ。それで、ほかの俳優とよくケンカになっていましたが、それでもなお十五歳と若くて、しかも、美人でしたからね。会社のほうも彼女に対して一目置いていて、彼女のわがままを全て許して、目をつぶっていました」

「この映画を撮った後、彼女は、どうして、日本で次の映画を、撮らなかったんでしょうか？」

「今もいったように、彼女は天才で、わがままでしたからね。私は、気がつかなかったのですが、次回作を撮ろうとして準備を進めていた映画会社と、ケンカをしてしまい、こんな日本には、未練がないといって、さっさと一人で、アメリカに、渡ってしまったみたい

ですね。そして、アメリカで映画を一本撮ったと聞いています」

「向こうでは、彼女は、どんな役をやったのですか？」

「日本の少女の、役ですよ」

「アメリカで撮った、その映画の評判は、どうだったんですか？」

と、篠原が、聞いた。

「アメリカでは、殆《ほとん》ど注目されなかったみたいですね。ですから、評判にも、なりませんでした。日本の映画会社も、その作品を輸入して、日本で、上映しようともしませんでしたからね。出来のあまりよくない作品だったのでは、ありませんか？」

と、入江が、いう。

「その後、宇野喜代子さんは、どうしたんですか？」

「アメリカからフランスに、渡ったという話を聞いています。そこでも一本、映画に出たらしいのですが、これも日本では公開されませんでした。日本で上映して、もし、お客が入らなければ、大損に、なりますからね。おそらく、フランス映画の配給会社がそれを怖がって、日本には持ってこなかったのではないかと思いますよ」

「それでは、アメリカ映画とフランス映画に出た後、宇野喜代子さんは、どこで、何をしていたんですかね？　その後の話は、全く、聞こえてきませんでしたか？」

と、篠原が、聞いた。

「全く聞いていません」

「それでは、入江さんは、彼女が、日本に帰ってきていたことも知らなかったということですか？」

「ええ、そういうことです。全く、知りませんでした」

「もし、彼女が、日本に帰っていたことを知っていたら、どうする気でしたか？」

「今もいったように、彼女は、何十年に一人という、天才ですからね。もう一本、彼女を主役にした映画を、撮りたいという強い思いがありました。しかし、いろいろと手を尽くして探してはみたのですが、とうとう彼女は見つかりませんでした。そのうちに、こんなことに、なってしまったんですよ。とにかく、彼女はまだ三十歳ですからね。惜しい人を、なくしてしまった。そんな気がして仕方ありません」

「宇野喜代子さんと一番仲の良かった俳優さんとか、音楽家とか、あるいはスポーツ選手とかでもいいのですが、そういう人をどなたか知りませんか？」

「同じ映画に出ていて、腰元役を、やっていた女優さんがいましてね。撮影中は、いつもその女優さんと一緒で、仲が良かったですよ。しかし、その後も、付き合いがあったかどうかは、分かりませんが」

と、入江が、いった。

「その女優さんは、何という、名前ですか？」

「田中京子《たなかきようこ》という女優さんです。今は五十歳くらいに、なったんじゃないですかね。今でも時々、テレビドラマなどに、出ていますよ。今、仕事で、大阪に来ているとかで、私に、電話してきたんです。七尾で亡くなった花嫁姿の女性は、先生の映画に出ていた宇野喜代子さんじゃないかといって。それで、私も初めて、事件のことを知ったというわけです」

「そのほかに、宇野喜代子さんが、日本に帰ってきていることを、知っていた人は、いませんか？」

と、篠原が、聞いた。

「分かりません。今もいったように、私は、田中京子さんに、聞いて、初めて知ったわけですから。まあ、盛大に、お葬式をやれば、彼女が、日本に帰ってきていたことを知っていた人間が、集まってくるのではないかと、思いますがね」

と、入江が、いった。

黒木は、宇野喜代子という女性に、個人的な興味を抱いた。そこで、会社には、もう一日「花嫁のれん」の取材が、必要になったので、引き続きこちらにいると嘘をつき、現地に丸一日留まって、篠原刑事や宇野喜代子が出演した十五年前の映画を監督した入江洋一郎からも、もう一度話を聞くことに、勝手に決めたのである。

一緒に黒木の取材を補佐している新人編集者の鬼名綾乃も、宇野喜代子に、興味を持ったらしく、いわば、黒木と共犯で、金沢と和倉温泉に、留まることを希望した。

黒木は、もう一度、映画監督の入江に、会いに行った。会ったのは、和倉温泉のホテルの、ロビーである。

入江は、問題の映画を個人的に、DVDに録画していて、今回、それを、黒木と綾乃に見せてくれた。

正直にいって、宇野喜代子が、主演したというその作品は、それほど優れた作品だとは、思えなかった。どこにでもありそうな内容だったからである。

ただ、その中で、ヒロインに扮した宇野喜代子は、初主演とは思えないほど堂々と、演技しており、美しく、それに十五歳とは信じられないくらい大人びて、見えた。

そのDVDを見た後、黒木が、正直に、いった。

「確かに、この宇野喜代子という女優さんが、やたらに、目立ちますね。とても十五歳とは思えません。美しいし、これだけ存在感のある女優さんなのに、なぜ、この作品一作だけで、日本から消えてしまったのでしょうか？　逃げるようにして、アメリカに行ってしまったのでしょうか？　それが、どうしても不可解です。どうして、日本国内で二作目、三作目を撮らなかったのでしょうか？」

と、黒木が、入江に、聞いた。

若い綾乃は、もっと単純だった。

「あと二作も映画を撮れば、きっと、日本でも人気を集める女優さんになったはずなのに、どうしてアメリカに、行ってしまったのか、私には、それが、分からない」

と、いった。

「その辺が、どうにも不可解で仕方がないなあ。何か問題でもあったのですか？」

と、黒木が、聞いた。

入江は、すぐには、返事をしなかった。彼が考え込んだまま何もしゃべらないので、黒木のほうから、

「この宇野喜代子という名前ですが、いかにも地味な感じで、芸名としては、派手な感じがしませんね。どうして、この宇野喜代子という名前を、つけたんでしょうか？　その辺の理由を、入江さんは、ご存じですか？」

と、聞いてみた。

そうすると、入江は、重い口をやっと開いて、

「宇野喜代子というのは、実は芸名ではないんですよ」

と、いう。

「本名ですか？」

「私としては、もっと派手な、いかにも女優らしい芸名を、つけたかったんですが、本人が、どうしても、本名でやりたいというものですからね」

「そこに、何かありそうですね」

「そうですね。彼女が死んでしまったから、正直に、話しましょう。実は彼女、両親が分からなくて」

と、入江が、いう。

「それって、ひょっとして、彼女は、児童養護施設の育ちだということですか？」

「八王子に斉生院《さいせいいん》という児童養護施設があるのですが、彼女は、そこの出身です。その施設の前に、喜代子という名前だけが、紙に書いて、添えられて、捨てられていたそうです。それで、施設の院長さんが自分の名字、宇野という名字をつけたんです。とにかく、すぐに、届け出をしたほうがいいというので、その名前で育ってきたわけです。子供の時は、可愛らしかったし、十代に、入ってからは、両親のどちらかが、外国人だったのではないかといわれ始めた。それほど、色が白くて、少しハーフ的な顔立ちになって、目立ってきた。芸能界が目をつけて、主演映画のヒロインに、抜擢して、この映画を、撮影したわけです。私はもちろん、続けて二作目、三作目にも、出てほしかったんですが、なぜか突然、アメリカに、行ってしまいましてね」

「いじめか、何かがあって、彼女は日本に居たくなくなった。そんなことがあったのでは、ありませんか？」

「そうですね。おそらく、そういうことがあったのではないかと思いますよ」

と、入江が、いった。

「宇野喜代子が芸名をつけるのを断って本名で出演したというのは、喜代子という本名で、出ていれば、自分を捨てた両親、特に母親に会えると思ったからじゃないですかね？　そんなふうに、思えますが」

「たぶん、そうだと思いますよ。しかし、難しいんです。児童養護施設の育ちだと、公に発表すれば、両親、特に母親が、見つかったかもしれません。その一方で、それを、隠しておきたいという気持ちも、彼女には、あったのではないかと、思うんですよ。そういう気持ちがありながらも、芸能界の中で、日本の映画で、あるいは、テレビで、売り込もうとするのに、のっていた。本人は、何とかして、自分を生んだ母親に一目だけでも会いたかったんでしょうね。それがうまくいかなくて、彼女は、日本に嫌気がさして、アメリカに行ってしまったんだと、そう解釈していました。あるいは、自分の両親のどちらかが、アメリカ人なのかもしれないと思った、それで、アメリカに行ってしまったのかもしれません」

と、入江が、いった。

入江の話は、黒木には、思いがけない話で、それなりに、興味深かったのだが、それでもまだ何かを、隠しているような気がして仕方がなかった。

黒木は「花嫁のれん」の取材の続きは止めて、会社には、黙って、八王子の児童養護施設に行き、そこの院長に、話を聞いてみることにした。

八王子の児童養護施設に行く前に、黒木は、七尾警察署の篠原刑事にも会うことにした。

黒木が、入江洋一郎の話を伝えると、篠原刑事が、すぐ、和倉温泉のホテルに飛んできた。捜査がうまく進まなくて、困っていたというのである。

黒木が、入江の話を繰り返すと、篠原は、ちょっと考えてから、

「あなたが、八王子に行くのなら、私も同行したい。実は、亡くなった宇野喜代子の身元が分からなくて、困っていたのです。まさか、児童養護施設で育った女性だとは思いもよりませんでした。日本の映画で主演をしたり、アメリカやフランスでも、映画に出ている女優さんですからね。今後の捜査には、被害者本人の身元の確認が、必要だと、うちの捜

査本部でも、考えていたんです。私も同行して、宇野喜代子の身元を確認したいですね」

と、篠原は、いった。

黒木は、新人編集者の綾乃も連れて、三人で急遽、金沢ではなくて、東京の八王子に、向かった。

2

その児童養護施設、斉生院は、今も八王子市内を流れる浅川の近くにあった。

院長は、入江の話のとおり、宇野という名前だった。三人が、その宇野院長に会いに行くと、向こうは困ったというような顔をして、

「こういう話は、あまり大袈裟にしてもらっては困るのですが」

と、いった。

「そちらが公にしたくないとおっしゃるのであれば、その点は、考慮しますので、ご安心ください」

と、篠原刑事が、いった。

「ただ、本人が死んでいますから、われわれ警察としては、何としてでも、事件は解決し

たい。われわれが考えているのは、それだけです」

宇野院長は、三十年前に児童養護施設の前に捨てられていた赤ん坊の名前を考え、八王子市役所に届けた書類、正確には、その書類の写しを三人に見せてくれた。

「われわれが、関心を持っているのは、せっかく映画の世界で、ヒロインになり、その後の、活躍が期待されていたのに、なぜ突然、アメリカに、行ってしまったのかということなのです。その点が、よく分からないのですが、院長は、何か、ご存じでいらっしゃいますか？」

と、篠原が、聞いた。

「これも、できれば、内密にしていただきたいのですが、実は、あの映画の後、彼女は妊娠をしていましてね」

と、院長が、いった。

その事実は、黒木にとって驚きだった。

「しかし、彼女は、その時、十五歳か、十六歳じゃなかったんですか？」

「そうです。たしか、満で、十五歳でした」

「妊娠したのは映画が完成してからですか？　それとも、撮影中ですか？」

篠原が、聞いた。

「その辺のことは、本人が、何も語っていないので、分からないのですよ。映画に出ることが、決まってから、彼女は、ここを出ましたからね。京都の撮影所近くのマンションに、移っていったのです。その間に妊娠をしたんだと思います。そんなわけで父親がいったい誰なのか、こちらでは分かりません。ただ、映画の撮影が、終了した一年以内に、京都で子供を出産しました。なぜか今でも、このことが、伏せられていましてね。いまだに父親が誰なのかも分からないのですよ。当時まだ十五歳だった彼女が、子供のことも、その父親のことも誰にもいえない、そうした空気に、ガッカリして、あるいは、なじめなくて、日本を去ってしまったのではないか？　私は、そんなふうに、思っています」

と、宇野院長がいう。

「それでは、いまだに、誰が父親なのか、それから、その時に生まれた子供が男の子なのか、女の子なのか、今どこにいて、何をしているのか、そうしたことは、全く分からないということですか？」

と、篠原刑事が、聞いた。

「その辺のところは、私なんかよりも、映画会社のほうがよく知っているんじゃありませんか？　その頃、映画女優として人気が、出そうなので、二作目、三作目を考えていると いう話を聞いたことがありますから」

と、院長が、続けた。

「その辺のことは、入江監督が知っているかもしれませんよ」

と、黒木が、篠原刑事に、いった。

「それでは、京都に行ってみましょうか?」

と、篠原が、応じた。

黒木は一瞬、頭の中で考えてから、

「行きたいのは、やまやまですが、私は、今日一日しか、時間が取れません。会社には取材の続きがあると嘘をついて、こちらに来ていますからね。私は一回、東京に帰ってきたといって、会社に顔を出します。この後、篠原さんが京都に行って、何か新しい情報をつかんだら、教えていただけませんか? 捜査の邪魔はしませんから」

と、黒木は、いった。

3

結局、黒木と綾乃は都心に戻り、篠原一人が京都に行き、入江監督に会うことになった。

入江は、今でも、映画を撮りたくて仕方がないようだったが、映画の仕事がなくて、テレビのドラマを京都太秦《うずまさ》で撮っていた。篠原が入江に会うのは、今日で二回目である。

「出版社の黒木さんが、よろしくといっていました」

と、篠原は、いってから、八王子の児童養護施設で、宇野院長に会った話を伝えた。

「そうですか」

と、入江が、いった。

「私も、正直いって、この話をどう受け取ったらいいのかが、分からないのですよ。嫌でも、宇野喜代子の身元とか、児童養護施設の育ちだということが、次第に、明らかになっていきますからね。死んだ彼女は、それを、嫌がるでしょうが、こういうことは、公《おおやけ》にしないほうがいいと思いながらも、彼女のことが、誤解されていくのを見ていられないという気持ちもあって、自分でも、困っているのですよ」

と、入江が、いった。

「警察として、何としてでも、事件を解決しなくてはなりませんから、彼女のことを知っている人の正直な話を聞きたいのです」

と、篠原が、いった。

「それで、篠原さんは、何を、知りたいんですか？」

と、入江が、聞いた。

「彼女が、たった一本、日本で撮った映画がありますよね？　入江さんが、監督をした映画です。その時、彼女は十五歳でした。問題は、その後です。実際には続けて映画を二、三本と撮っていくという、そんな話が、あったんですね？」

と、篠原が、聞いた。

「たしかにありましたよ。映画会社のほうも、新しい、将来性豊かなヒロインが、生まれるかもしれない。そう考えて、私にも、早く、次の作品の企画を考えろ、とハッパをかけてきました。それで、脚本家と一緒に、次の作品の脚本を書いていたんです。そうしたら、あんなことになってしまって」

と、入江が、いった。

「それでは、彼女が、妊娠したことは、入江さんも、ご存じだったんですね？」

「ええ、彼女に会っていれば、嫌でも、分かりますよ。それで、困ったことになったなと思っていたんです。お腹が大きくなった女性に、映画のヒロインは、無理ですからね。それで、子供が、生まれたあと、妊娠のことは、なかったことにして二作目の映画を撮ろうとしていたのです」

「彼女も、それに、賛成だったんですか？」

「そうですね、私は、賛成だったと思いますね。子供が生まれた後に、一度会っていますが、彼女のほうから、映画をやりたい。本物の女優に、なりたいといっていましたから」

「それが、どうして、彼女が突然、アメリカに、行ってしまったんですか？」

「あれは、本当に、突然のことでした。私には、何の話もなくて、アメリカに行ってしまったんですからね。そのあと、自分なりに、調べてみました。何とかして、日本に戻ってきてほしかった。脚本のほうも、やっとできましたしね。会社のほうも、彼女を主役にして、映画を撮ることに賛成だったんですよ」

「それなのに、どうして、日本に帰ってこなかったんですか？」

「たぶん、日本に、嫌気がさしたんじゃないですか？」

「どうしてですか？」

「そこが、私にも分からない。日本にいる時には、今もいったように、第二作目の映画に、出演することを、彼女のほうも希望していたんです。それなのに突然、アメリカに行ってしまい、あわてて向こうに電話をしたんですが、なぜか、日本に帰ることは、全く考えていないようでしたね。あれは明らかに、日本に、失望したのですよ」

「どうして、失望したのですか？」

「どうしてかは分かりませんが、突然、妊娠したこと、ひそかに、子供を産んだことが、関係していると、思いますよ。その話になると、彼女は、黙ってしまっていましたから」

と、入江が、いった。

「その時から十五年、経っています。妊娠当時の彼女は、十五歳だったわけですから、今どこかに、当時の彼女と同じ十五歳の子供が、いるわけでしょう?」

と、篠原が、いった。

「ええ、そういうことになりますね」

「その子供については、何か分かっていることが、あるんですか? 誰か、そのことを、知っている人が、いるんじゃありませんか?」

「もちろん、いるでしょうね」

入江は、逆らわずに肯《うなず》いた後で、

「しかし、この件については、誰も何もしゃべってくれません。だから、何も分からないんですよ」

「例えば、どういう人たちに、聞いたんですか?」

「映画会社の社長なら、知っているだろうと思って、彼に聞きましたよ」

「そうしたら?」

「私は何も知らない。彼女が妊娠出産したあと、突然、アメリカに、行ってしまったことを知って、ガッカリしているといわれました」

「その映画会社の社長というのは、例の映画を製作した、社長ですね？」

「そうです」

「今でも、同じ人が社長ですか？」

「いや、その頃の社長は、すでに、引退をしていて、現在は、その社長の長男が社長をやっています」

「もう一つ、私が、知りたいのは、彼女が日本に帰ってきていたことを、入江さんは、本当に、知らなかったんですか？」

と、篠原が、聞いた。

「全く、知りませんでした。もし知っていたら、何としてでも、彼女に、会いに行きましたよ。とにかく生きているうちに、もう一度会いたかったですね」

と、入江は声を落とした。

4

入江と別れると、篠原刑事は、京都府警に挨拶に行き、その後、問題の映画会社の元社長を、京都の東山にある屋敷に、訪ねた。事件の捜査をしている石川県警七尾警察署の刑事としてである。

入江監督は、本当のことが聞けなかったといっていたが、こちらは、事件を捜査中の刑事である。何としてでも、真相を聞くつもりだった。

映画が斜陽といわれて久しいが、元映画会社社長の屋敷は、東山の清水寺《きよみずでら》に近い、豪壮な日本家屋だった。

家の主、渡辺《わたなべ》元社長は、現在、会長ということになっている。明らかに迷惑そうな顔つきだったが、相手が、警察の人間では、会わないわけにはいかないだろうという、そんな感じの、表情だった。

篠原が、七尾で起きた事件のことを、話し、死んだのが、十五年前に映画に出た宇野喜代子だということが、分かって、こちらを訪ねてきたことを告げると、

「たしかに、彼女を主役にして映画を撮ったのはうちの会社ですが、それ以外のことについては、私は、何も知りませんし、関係もありませんよ」

と、先廻りをして、否定した。

「しかし、彼女のことを調べていくと、分からないことばかりでしてね。彼女が、児童養護施設の育ちだということは、もちろん、問題の映画をプロデュースされた渡辺さんは、ご存じだったと思いますが」

　と、篠原が、いうと、渡辺は、

「ええ、知っては、いましたが、全て、監督やマネージャーなどが勝手に調べて、私に、教えてくれただけですよ。別に、それを知ったからといって、私が、あの映画に、手心を加えたとか、そういうことは、全くありませんよ」

　と、いった。

「その映画を撮った直後、彼女が、妊娠していたということです。子供が生まれ、その後、彼女は突然、アメリカに、行ってしまいました。今回、誰にも告げずに、日本に戻ってきて、死んでしまった。おそらく殺されてしまった。彼女の妊娠、出産や、子供の父親のことが、全く分からないのですよ。誰に聞いても、知らない、分からないという」

「私も、彼女が日本に戻ってきていたことは、全く知りませんでしたよ。私は、すでに、映画の第一線から退いた人間ですから、十五年前に作った映画とは、何の、関係もないのですよ」

　と、いった。

　渡辺元社長は、あくまでも、自分は事件には関係がないということを主張したいらしい。

　となると、篠原刑事は、逆に真相に迫りたいという思いが強くなってくる。

「私が知りたいのは、十五年前、彼女が妊娠をした、その相手が誰かということなんですよ。彼女が勝手に誰かと付き合って、それで子供を産んだとは、私には、とても思えないのです。何しろ、まだ十五歳ですからね。彼女の妊娠については、誰かが知っていたはずなのです。ところが、その誰かはそれを隠そうとした。それで、彼女は日本に嫌気がさして、アメリカに、渡ってしまった。私は、そんなふうに、考えているんです」

「刑事さんが、どんな想像をしようが、それは自由ですが、とにかく、私は何の関係もありません」

と、渡辺は頑《かたく》なに、いった。

「しかし、あなたは、あの映画の、プロデューサーとして資金も出した。第二作の映画も、入江さんの監督で、撮ろうと考えていた。そんなあなたが、何も知らないというのは、私には、考えられないのですよ。どうしても知らないとおっしゃるのならば、京都府警本部に行って、京都の警察にも、協力してもらって、あなたのこと、あなたが、会長をやっている映画会社のこと、十五年前の映画のことも徹底的に調べなくてはならなくなりますよ。そうなると、まずいんじゃありませんか？　この映画会社が、今回の事件に関係しているのではないかという噂が、嫌でも流れてしまいますからね」

と、篠原は、相手を脅かした。

それでも、すぐには、返事が戻ってこなかった。篠原も意地になって、

「それでは、仕方がありません。京都府警本部に電話をして、あなたの会社を、徹底的に調べますよ」

と、ケイタイを取り出した。

それでやっと、渡辺は、

「これは、あくまでも、公にはしないでほしいのですが」

と、断ってから、

「映画産業が斜陽になり、映画を作れば客が来るという時代では、なくなって、映画作りのための工夫として、スポンサーを、探す時代になりました、あの『北の城の花嫁』という映画は、たしかに、うちが、プロデュースしたんですが、資金を出したのはうちではなくて、全国的な、フードチェーンを展開しているジャパンフーズです。そこの、小野寺《おのでら》さんという社長さんが、七尾の出身でしてね。その社長さんが、資金を出したんです。ほかの会社が資金を出してくれるのであれば、それに乗って、映画が作れるわけですよ」

と、渡辺が、いった。

「そうすると、ジャパンフーズというチェーン店の社長が資金を出した。それで、あの映画ができた。つまり、そういうことに、なるんですね？」

「その通りです」

「そうなると、私が知りたい一件は、その小野寺という社長さんが、関係しているんですか？」

と、篠原が、聞いた。

「関係しているかどうかは、分かりません。あの映画の後、小野寺社長が、映画の完成披露パーティーを、盛大に開催してくれましてね。その時に、ニューヒロインの、宇野喜代子も、出席しています。その後、小野寺社長が、彼女のことを気に入って、時々、軽井沢にある、自分の別荘に呼んでいたことは、知っています。私が刑事さんにお話しできるのは、そのくらいのことですよ」

と、渡辺が、いった。

「それで、小野寺社長の本宅は、どこに、あるんですか？」

「京都の河原町に、ジャパンフーズの本社があって、その近くに、本宅があると、聞いています」

と、渡辺が、いった。

もちろん、篠原は、その本宅に、小野寺というジャパンフーズの社長を、訪ねていくつもりになっていた。

5

ジャパンフーズは、日本風、京都風の料理で、売り出したチェーン店である。ここに来て、その京都風の宣伝が受けて、チェーン店の数を増やしている。そのことは、知っていたが、小野寺社長のことは、知らなかったし、その本社を、訪ねるのも初めてだった。

篠原は一応、石川県警本部にも連絡し、ここまでの捜査の状況を刑事部長に報告してから、京都の河原町にある小野寺社長の私邸を訪ねていった。

四条河原町は、京都で一番にぎやかな場所である。そこに三百坪近い敷地を持つ豪邸が建っていた。

前もって電話でアポを取っていたので、その日本家屋の奥の座敷で、和服姿の、小野寺社長と会うことが、できた。

篠原は、単刀直入に、自分が、捜査している事件について、説明した。

「亡くなったのは、宇野喜代子という女優さんです。調べていくと、複雑な過去のある女優さんだということが分かってきました。日本では、十五年前の十五歳の時に初めて映画に出演して、その映画が当たったので、二作目の作品にも、出演しないかという話に、なりました。本人も乗り気だったのに、突然、彼女は、アメリカに行ってしまいました。その件を、調べていくと、十五年前、彼女は、映画の撮影が、終わった後、妊娠出産していたことが、分かりました。その件は、表沙汰にはなっていません。その結果、生まれた子供のことも、よく分かって、いないのですよ。しかし、今回の事件には、そのことも関係していると、考えています。この件についてよく知っていらっしゃるのは、あの映画の製作にあたって、資金を提供されたジャパンフーズの社長、小野寺さんしかいないと、思って、今日こちらを訪ねて、きたのですが、小野寺さんは、この件に関係しているのですか？」

と、篠原が、聞いた。

「資金を提供したのは、うちの会社です。それは、間違いありませんよ。それだけのことですよ。私は映画にも詳しくない。ただ、私が、生まれ育ったのが石川県の七尾でしてね。あの映画を、ぜひとも完成させたかったんですよ。それで、映画会社の社長さんに、話をして、私のほうから資金を提供させて、いただきました。それだけの話です」

「しかし、二作目の映画を作るという話にも資金を、提供されていたのでは、ありませんか？」

「いや、その方は、話が途中で立ち消えになってしまったので、実質的には、資金提供はしていません」

「あなたは、第一作のヒロインになった宇野喜代子さん、当時十五歳でしたが、彼女が気に入って、たびたび軽井沢の別荘に、呼んだりしていますね。当然、彼女が妊娠したことも、ご存じだったはずです」

篠原が、突っ込んだが、それでも小野寺社長は、

「たしかに、彼女は、十五歳にしては、大人びていて、将来の日本の映画界を背負って立つ女優になるだろうという期待が、ありましたからね。時々、別荘に、呼んで励ましたことは、たしかに、ありましたが、私は、彼女の妊娠とは、何の関係もありませんよ」

と、いう。

それに対して篠原は、用意していた言葉を投げかけた。

「実は、ここに、来る前に京都府警本部に電話をしましてね。捜査の協力をお願いしたら、こんなことを、いわれましたよ。ジャパンフーズという会社は、以前ある事件を起こして、京都府警本部が、捜査をしたことがある。その時は、証拠不十分だったが、その後もずっとマークしている。そう、いっていましたよ」

小野寺社長は、さすがに少し慌てた感じで、

「その問題でしたら、もう、解決していますから」

と、いった。

「宇野喜代子が、妊娠した件ですがね、私は全く関係がありません。だが、その件に、関係があるという証拠はないのですが、噂があることは聞いています。その噂で、よければ、お話ししますが」

急に、小野寺が、折れてきた。

「そうですね、とにかく話してください」

小野寺の話を、聞いているうちに、篠原は、少しずつ、目の前の壁が、大きくなっていくのを感じざるを得なくなった。

「この話が、私から出たということは、できれば、内密にしておいてほしいのですが」

と、小野寺が、いう。

「その点は了解しましたので、構わずに話してください。こちらとしては、捜査の本筋が、分かればいいのですから」

と、篠原が、いった。

「実は、あの時、うちが、お金を出して映画を作った時ですが、あの映画では、ヒロイン役に、抜擢した女優さんが、注目を浴びましてね。私の親しかった、ある政治家が、彼女に関心を持って、私が、軽井沢の別荘に彼女を招待すると、必ず、その政治家にも、知らせないと、機嫌が、悪くなってしまうのです。うちとしては、その政治家のことを、無視できなくて、時には、私抜きで彼女を呼び、彼女と二人だけの時間を過ごすことが、何回かあったのです。その後、彼女の妊娠を、知りました。当然、その政治家が、絡んでいるなと思ったのですが、秘書の方が来て、この件について、うちの、先生は、何の関係もないので、そのつもりでいてほしいと、何度も、念を押されましてね。その後、どこからか、私が、彼女を妊娠させたような噂が、出たのですが、この件については、もう、何もいわないことにしました」

と、小野寺が、いった。

「小野寺さんは、その政治家がお嫌いのようですね」

と、篠原が、いった。

そうでなければ、こんな話はしないだろう。

「そうですね、古くからの、知り合いで、その時、内閣の改造があって、その政治家が厚生労働関係の大臣になったのですよ。それで分かってください」

と、小野寺が、いう。

それ以上、小野寺は、話すことを拒否した。そこまで話したことでも、小野寺にとっては大変なことだったのだろう。

6

篠原は、すぐ石川県警本部の捜査一課長に電話を入れて、報告した。

「話がだんだんと大きくなってきまして、一応、課長のお考えをお伺いしておきたいと思いまして」

と、断ってから、小野寺に聞いた話を、そのまま伝えた。

「今、君の話を聞いて、十五年前、誰が厚労大臣だったかを、調べたら、古賀《こが》代議士だったよ。今ではちょっとしたドンだよ」

と、一課長が、いう。

「そうですか。これからどうしたらいいですか？」

「いくら大物代議士の名前が出てきたからといって、捜査を、中止するわけにはいかないじゃないか。現在、古賀代議士は、大きな派閥のリーダーになっている。住まいは、東京だ。私のほうから、東京の警視庁に電話をしておくから、警視庁に挨拶に行け」

と、一課長が、いった。

篠原は、東京に出て、東京のホテルに泊まることにした。ホテルから、黒木に、電話を

かけた。黒木にも、これまでに分かったことを伝えると、

「うちは新聞社ではなく、残念ながら雑誌ですから、編集長が、これ以上の深入りはするなというでしょうね」

と、いった。

その言葉で、篠原は少しだけホッとした。問題が広がる恐れが、ほんの少しだけだが、減ったからである。

翌日、篠原は、警視庁に出向いた。石川県警本部の捜査一課長が話しておいてくれていたので、十津川という警部が、警視庁の中で応対してくれた。

その十津川が、いった。

「石川県警本部の捜査一課長から、連絡がありました。うちとしては、古賀代議士が、この事件に、関係しているかどうかが、まだ分からないので、直接捜査はできませんが、石川県警の捜査には、協力しますよ。こちらがお手伝いできることがあったら、何でもいってください」

と、いった後、

「そちらとしては、これから、どうするつもりですか？」

と、聞いた。

「今の段階では、古賀代議士に直接話を聞くというわけにも、いきませんので、取りあえず、古賀代議士の秘書に会って、話を聞いてみるつもりです。小野寺社長の話では、加藤《かとう》という秘書から、この件は、古賀代議士、その頃は、厚労大臣だったわけですが、一切関係がないから、詮索はしないでほしいといわれたそうです。ですから、今日は、加藤という秘書に会うだけにしておきます」

と、篠原が、いった。

篠原は、加藤という秘書に、まず電話でアポイントを取ることにした。

それが、なかなか、相手がつかまらない。居場所が分からないのである。

何とか相手をつかまえて、アポが取れたのは、一時間以上も、経ってからである。篠原は、その間に昼食を取ってから加藤秘書に会いに出かけた。

会ったのは、向こうの希望で、古賀代議士の事務所でも議員会館でもなく、最近、麹《こうじ》町《まち》にできた新しいカフェだった。

お互いに名刺を交換してから、まず、篠原がいった。

「われわれとしては、別に、古賀先生のプライバシイを問題にする気はありません。七尾で起きた事件、自殺のようにも他殺のようにも見える事件ですが、この事件の捜査をしているだけです。ただ、その途中に、たまたま、ジャパンフーズの小野寺社長や、古賀先生の名前が出てきただけで、正直に話していただければ、それで、結構なのです」

加藤秘書は、眉を寄せた。

加藤秘書にしてみれば、古賀代議士のプライベートの面を、この刑事が、わざわざ、石川から聞きにきたということで、警戒を強くしているのだろう。

「まず、最初に申し上げておきますが、うちの古賀代議士は、十五年前のこととは何の関係もありません。それだけは、はっきりお伝えしておきます」

と、加藤秘書が、いう。

そういう型通りの挨拶に、篠原は反撥した。

「そうですか。しかし、小野寺社長は、こういっているのですよ。当時の古賀先生が、宇野喜代子という新人の女優、その時は、まだ十五歳の少女でしたが、その女優に興味を持って、小野寺社長が、いない時でも、その女優さんと、会っていたと。そうなると、無関係というわけにはいきませんが」

「しかし、関係があるという証拠は、何もないわけでしょう？　何しろ、今から十五年も前の話なんですから」

と、加藤が、いった。

「もちろん、そういう話について、警察が捜査するわけでは、ありません。ただ、十五年後の今になって、当時の女優、宇野喜代子が現在三十歳になっていて、彼女をめぐる事件が起きたのです。彼女は死んだのですよ。しかも殺人の疑いもあります。そうなると、われわれとしては、その事件の背後に、何があるのかを、調べなくてはなりません。その一つが、十五年前の彼女の妊娠なのです。もちろん、加藤さんが心配されているような、プライバシイを調べるつもりは、全くありません。その時に彼女が妊娠して、生まれた子供がいるわけです。十五年経って、十五歳の彼女が産んだ子供が、くしくも今、同じ十五歳になっています。その子供が、今どこで何をしているのか、われわれとしては、それを、知りたいのです。十五年前、古賀先生は、その女優さんと親しくされていたそうですから、秘書の加藤さんから聞いてくだされば、その子供が、今どこで何をしているのかを知っていらっしゃるのではないか？　ぜひそれを確認して頂きたいのです。私は今日一日、東京にいる予定ですから、もし何か分かったら、電話をください」

篠原は、自分のケイタイの番号を、加藤秘書に教えた。

しかし、内心では、捜査は難しいものになりそうだと思っていた。

篠原が、ホテルに戻ると、ロビーで黒木が、篠原の帰りを待っていた。ホテルの中のティールームで向き合うと、篠原は、

「電話では、これ以上、この事件には、関わらないといっていたんじゃありませんか？」

と、聞いた。

「うちの編集長は、たしかに、これ以上深入りはするなといいました。何しろ、うちは小さな出版社で、出しているのは、鉄道の専門雑誌ですからね。政治問題の記事を載せたことは、今まで一度もありません。そんな出版社です。しかし、私個人としては、どうにもこのまま止められなくて。申し訳ないなとは思いましたが、どうしても、篠原さんが代議士秘書に会って、いったいどんな話をしたのか、それを伺いたいのです。もちろん、そのことをうちの雑誌に、書いたりはしません」

と、黒木が、いった。

篠原は、つい笑ってしまった。

「たしかに、政治家の秘書に、会ってきました。十五年前の宇野喜代子という十五歳の女優の妊娠に、政治家が絡んでいるのではないかという、話になってきましてね。今日は、その政治家には会えなかったので、秘書の人に、十五年前の話を、その政治家に聞いてもらって、何か分かったら後で電話してくれと、それだけを頼んできました」

「政治家が、正直に、話すと思いますか?」

と、黒木が、聞く。

「たぶん話さないでしょうね」

と、篠原も、笑って、いった。

「そうなったら、ひょっとしたら、私が役に立つかもしれませんよ」

と、今度は、黒木が、ニッコリした。

第三章　金沢とモデル

1

この日、東京駅二十三番線ホームの一角で、女性三人が、カメラマンのフラッシュを浴びていた。

といっても、そこに来ていたカメラマンは二人だけで、そのグループを大げさに扱っていなかった。

三人連れは中年の女性が一人、ほかの二人は十代半ばから二十歳くらいと思われた。特にその中の一人は、身長一七〇センチくらいの、スラリとした体型で、かなりの美人だった。

二人のカメラマンのカメラも集中的に、そのスタイルのいい女性に、向けられていた。

同行する記者と思われる男が、彼女にマイクを向けた。

「まず、お名前を聞かせてください」

「小賀《こが》れいらです」

と、若い女性が、いう。

「どういう字を書くんですか？」

「小さいという字と、賀正の賀、れいらは平仮名です」

と、微笑を浮かべながら、彼女が、答えた。

「小賀という名前ですが、古いという字ではないんですか？」

「いいえ、違います。小さいという字を書きます」

依然として微笑を浮かべながら、相手が答えた。

発車のベルが鳴った。

金沢行きの北陸新幹線「はくたか五五七号」の発車である。

十二両連結で下りの場合は、先頭が一二号車、次の一一号車がグリーン車である。三人の女性は、そこに乗った。

マイクを向けていた雑誌記者は、少し迷ってから、カメラマンを促《うなが》して、発車間際の「はくたか五五七号」に飛び乗った。

午前九時三二分、「はくたか五五七号」が、金沢に向かって発車した。

ウィークデイなので、さほど混んではいなかった。グリーン車も七割ぐらいの混みようである。

三人の女性は、列車の中央辺りに席を取っている。向かい合わせに、座り、その三人に向かって、雑誌記者と、カメラマンが、なおも執拗に写真を撮り、マイクを向けている。

マイクは依然として、小賀れいらと名乗った、背の高い女性に、向けられていた。

「現在のお仕事は？」

と、雑誌記者がきく。

「新人のモデルです」

と、相変わらず笑顔で、答える。

「たしか、MMMというモデルクラブに所属していらっしゃるんですよね？」

「はい、そうです」

「そのモデルクラブに入ったのは、最近ですよね？　それまでは、アメリカに住んでいらっしゃった。そう聞いたのですが、本当ですか？」

「はい。一年前までアメリカに住んでいました」

「アメリカでは、いったい何をされていたのですか？」

「日本でいえば、中学校の生徒です。そこを卒業したので、母の祖国である日本に、帰ってきて、ある方に、勧められるままに、MMMに入りました」

と、これは、彼女の隣に座っている、マネージャー的な感じの、中年の女性が、彼女に代わって答えた。

もう一人の、小柄な、平凡な十代と思われる女性のほうは、買ってきた、缶コーヒーを、その中年女性と小賀れいらに渡している。

「実は、あなたが、与党の古賀代議士の娘さんではないかという噂があるのですが、この噂は本当でしょうか？」

と、雑誌記者が、聞いた。

それに対しても、マネージャー的な感じの中年女性が、答える。

「申し訳ありませんが、そういうご質問には、お答えできません」

「ダメですか？」

「ですから、プライベートに関することには、お答えできません」

と、繰り返した。

「そうですか」

と、雑誌記者は、残念そうにいい、次の上野駅で、カメラマンと一緒に、降りていった。

疲れたのか、小賀れいらと名乗った女性は、もう一人の若い女性からアイマスクを受け取ると、それをかけて眠ってしまった。

同じグリーン車の端の席で、黒木が、じっと、三人の女性を見つめていた。

黒木は、編集長から、あまり事件に深入りをするなといわれていたが、ここまで来て止めるわけにはいかなかった。それは、宇野喜代子の死が、あまりにも衝撃的だったからである。

七尾で、あの壮絶な死に遭遇した黒木は、真相を知りたかった。だから宇野喜代子の過去を調べ、映画「北の城の花嫁」を監督した、入江洋一郎に、会い、宇野喜代子の秘密についても少しずつだが、分かってきた。

結果的にたどり着いたのは、映画の製作費を出した小野寺社長が持っている別荘であり、その別荘に、当時、厚労大臣だった、古賀代議士がしばしばやって来て、そこで、休暇を過ごしていたということである。

当然のことながら、十五年前、古賀代議士と宇野喜代子とは関係があったのではないか？　もし、関係があったとすれば、二人の間に現在十五歳になる子供がいるはずである。

その子供と思われる娘が今、同じグリーン車に、乗っている。その若い女性は、母親のように美しくてスタイルがよく、現在モデルをやっているという。今日は、仕事で、これから、どこかに行くのだろう。

宇野喜代子の子供については、ほとんど分かっていなかった。宇野喜代子は、日本で、一本だけ「北の城の花嫁」に出演した後、京都で子供を出産してから、急遽アメリカに行ってしまい、その後、アメリカやフランスでも、映画に出たが、日本には帰ってこなかったからである。

したがって、十五歳から現在までの宇野喜代子の足取りが、ほとんど、つかめないのである。まるで、それと同じように、宇野喜代子の子供も、一年前までアメリカにいたというのだ。したがって、母親と同じように、その行動、例えば、アメリカのどこにいて、何をやっていたのかも、分からない。

今、その子供が、同じ北陸新幹線「はくたか」のグリーン車に、乗っているのではないか。

列車が軽井沢の手前を走っていた頃、黒木のケイタイが鳴った。デッキに出て応対すると、相手は七尾警察署の篠原刑事だった。

「今どこですか？」

と、篠原が、聞いた。

「金沢行きの、北陸新幹線『はくたか』の車中です」

「相変わらず、事件を追いかけているんですか？」

「途中で止める気がなくなりましてね。編集長は、反対していますから、ひょっとすると会社を、馘《くび》になるかもしれません」

と、黒木は、いってから、

「そちらはどうなんですか？　他殺か、自殺か、まだ、わかりませんか？」

「いや、殺人の可能性が濃くなってきました」

「どうしてですか？」

「司法解剖をした結果、喉をかき切った傷は、彼女が、持っていた短刀でついた傷なのですが、胸の傷のほうは、それとは違う、刃物でつけられたらしいという疑いが濃くなってきたのです。何者かが彼女の胸を刺した後、彼女が、いつも持っている短刀で、喉を切った。そういう、考えになってきました」

「そうなると、七尾警察署だけでは、捜査が難しくなるのでは、ありませんか？」

「そうですね。警視庁との合同捜査になると、思います」

と、篠原が、いった。

「ところで、黒木さんは『はくたか』で、どこに、行くつもりなのですか？」

今度は、篠原が、聞いた。

「まだ分かりません」

と、黒木が、いうと、

「ひょっとすると、黒木さんは今、宇野喜代子の娘を、追いかけているんじゃありませんか？」

「どうして、そう思うんです？」

「こちらにも、少しずつではありますが、宇野喜代子についての情報が、入ってきているんですよ。先日、黒木さんと、一緒に会った、斉生院の院長が、宇野喜代子は十五年前に映画を撮った後、突然アメリカに行ってしまった。どうやら、その前に、彼女は出産していたと、いっていましたが、さらに、こんな噂も流れてきているんです。生まれたのは女の子で、その女性は、もし今生きていれば、当時の喜代子と同じ十五歳になっているはずだ、と。その娘が見つかれば、今回の事件について、捜査も、一歩前進するのではないか？　われわれは、そんなふうに、考えていますからね。それから、その娘は、最近日本に帰ってきて、モデルをやっているんじゃないか。そんな情報も入ってきているんですよ」

篠原の言葉に、黒木は、一人で笑ってしまった。

「今『はくたか』のグリーン車に、乗っているんですが、私の視線の先に、宇野喜代子の娘ではないかと思われる女性が、マネージャーと一緒に、乗っているんですよ。彼女は、一年前に、アメリカから日本に帰ってきて、現在MMMという、モデルクラブに所属しています。これから、仕事に行くんじゃないかと、思っているんですがね」

「金沢に来るかもしれませんね」

と、篠原が、いう。

「その可能性はあります」

「もし、金沢に、来るとわかったら教えてくれませんか？　私も、いったいどんな娘なのか見てみたいですから」

と、篠原が、いった。

2

黒木は、車内から青山にあるモデルクラブ、MMMに電話をかけてみた。「鉄道アラカルト」という雑誌の名前は出さずに、ただ、

「私は雑誌の記者ですが、小賀れいらさんの件について取材をしている者です」

と、いってから、彼女について質問したが、相手に、

「小賀れいらは、先日満十五歳になったばかりの新人モデルですから、プライベートに関する質問は全てお断りしています」

と、釘を刺されてしまった。

「分かりました。プライベートなことは、一切、お聞きしません。それでは、今日、小賀れいらさんは、どこに、仕事に行かれているんですか？」

「金沢です。金沢の商工会議所から、呼ばれました」

「一緒に行っているのはマネージャーさんですか？」

「ええ、そうです。坂本《さかもと》みずほというマネージャーが、一緒に行っています。それにマネージャーの娘さんを、モデルの小賀れいらと同じ年なので、話が合うのではないかと思って、同行させています」

それが、ＭＭＭからの返事だった。

黒木は少し考えてから、篠原刑事に電話をかけた。

「モデルの小賀れいらがどこに行くのかが分かりましたよ」

「どこですか？」

「金沢に、仕事に行くそうです」

「やはり、金沢でしたか」

「彼女を、呼んだのは金沢の商工会議所だそうです。同行しているのは、坂本みずほというマネージャーと、マネージャーの娘で、彼女は、小賀れいらと同じ年なので、話し相手になるのではないかと、事務所が同行させているそうです」

黒木が、そう伝えると、電話の向こうで、篠原は、

「それでは、私も、これから、金沢に行きますよ」

と、いった。

軽井沢一〇時三五分、長野一一時〇五分、富山一二時〇六分。

ずっと眠っていた小賀れいらも目を覚まして、車内販売で買った駅弁を、三人で食べ始めている。そんな光景が何となく、モデルになったばかりの御一行という感じで、黒木には、微笑ましく映った。

終点金沢着一二時三〇分。

十三番線ホームには、篠原刑事が黒木を待っていた。

黒木は、素早くホームに降りると、篠原に向かって、

「これから、小賀れいら一行が、降りてきますよ」

と、小声で、いった。

ほかの乗客たちより少し遅れて、小賀れいらたち三人が、グリーン車から降りてきた。

その三人に向かって、「歓迎　小賀れいら様」と書いた、小さな旗を持った男が近寄っていく。仕事で彼女を呼んだ商工会議所の職員か何かだろう。

「はくたか」から降りてきた乗客の中でも、小賀れいらは、やはり一際目立って見えた。何しろ背が高くてスタイルがいいし、美人である。その上、十五歳にしては大人びた顔をしていた。

「目立ちますね」

と、篠原刑事が、いった。

「たしかに目立ちますが、今回は目立つことは、あまり感心しませんね。何しろ事件が起きているんですからね」

と、黒木が、いった。

駅の構内を出ると、三人は、待っていた迎えの車に乗って、走り去った。

その車を目で追いながら、篠原刑事が、

「金沢の商工会議所が、新しい金沢の魅力を宣伝するためのポスターを作るということで、そのモデルとして東京から小賀れいらを呼んだことは間違いありません。その点は確認しました」

と、黒木にいったあと、

「実は今回、警視庁と、合同捜査をすることになって、警視庁から、担当の刑事が午後一時までに、こちらに到着することになっています。それで、黒木さんにも、ぜひ会っていただきたいのですよ。何しろ、黒木さんは、われわれよりも、深く、今回の事件に、関係していますからね」

黒木も、警視庁が、どんな形で今回の事件に絡むのかが知りたくて、篠原の申し出を快諾した。

金沢警察署に、案内され、少し遅めの昼食を取っているところに、警視庁から二人の刑事が、到着した。警視庁捜査一課の十津川《とつがわ》警部と亀井《かめい》刑事の二人である。

その二人と黒木、そして、篠原刑事の四人で、金沢警察署内ではなくて、近くのカフェで、気安く、話を交わすことになった。

「問題は」

と、いってから、篠原が、

「七尾で起きた事件は、殺人事件とほぼ断定されました。この事件が、どう広がっていくか、慎重に見守っていく必要が、あると思っています。政治家が容疑者になることも考えられますから」

「警視庁は、どう思っているのですか？」

黒木が、十津川警部に、聞いた。

「われわれは、こう考えています。事件そのものは、石川県の七尾で起きました。が、関係者のほとんどは、東京にいます。現在、その関係者について調べを進めている最中ですが、被害者が、日本にいなかった時期が長いので、被害者自身のことを、調べるのが難しいということがあります。したがって、時間はかかりますが、関係者の一人一人を慎重に調べていこうと思っています。簡単に犯人とは、断定しないで、です」

「保守党のドンと呼ばれる大物の古賀代議士が、容疑者の一人になっていますが、その点については、どう考えますか？」

と、黒木が、聞いた。

「今のところ、特別視は、していません。ほかの関係者と同じように見ています。政治家だから、それも、保守党のドンだからどうのこうのということは、ありません。特別扱いすると、どうしても捜査のマイナスになりますからね。あくまでも、今もいったように関係者の一人でしかありません」

十津川は、慎重ないい方をした。

最後に、四人は、今後の予定について話し合った。

十津川は、

「石川県警と、われわれ警視庁との合同捜査ということになったので、まず篠原刑事にお願いして、殺人の現場を見に行きたいと思っています」

と、いい、篠原刑事は、

「今までの、石川県警の捜査について、警視庁のお二人にご説明したい」

と、応じた。

黒木は、

「宇野喜代子の娘の小賀れいらが、金沢でどんな仕事ぶりを見せるのか、それを、見守りたい」

と、いった。

その後、黒木は、東京の編集長に電話を入れた。

案の定、編集長は、機嫌が悪かったが、黒木が、宇野喜代子の娘の仕事ぶりを、写真に撮るつもりだというと、急に、機嫌が直った。編集長自身も、宇野喜代子の娘については、興味があるようで、

「すぐにカメラマンとして、綾乃をそちらに向かわせる」

と、いった。

夕方には、綾乃が、プロ用のカメラを持ってやって来た。

綾乃は、黒木の顔を見るなり、ニヤッと笑って、

「問題の十五歳は、とんでもない美人なんですってね」

と、いった。

「ああ、美人だ。それも、スタイルのいい美人だよ。いかにも、モデルという感じがする」

「彼女は、まだ、十五歳なんでしょう?」

「ああ、そうだ。アメリカ帰りのせいか、年齢よりも、大人びて見える。あ、それから金沢の商工会議所に聞いて、スケジュールを、確認しておいた。今日は仕事を終えてから、市内のホテルに、一泊するらしい。明日は朝早くから、金沢市内で、撮影だし」

と、黒木が、いった。

「私も、その美人モデルさんを、拝見したいわ」

と、綾乃が、いった。

その頃、十津川と亀井は、七尾の、殺人現場にいた。まず現場である寺の境内を見てから、七尾警察署に行って、事件現場の写真を見せてもらうことになった。鑑識によって、何枚もの写真が、撮られていたのである。

一枚の写真を見ながら、亀井刑事が、

「それにしても、凄惨な現場ですね」

と、いった。

「そうなんですよ。現場を見た誰もが、ビックリしていますよ」

と、篠原が、説明した。

「何しろ純白の着物が、血で、真っ赤に染まっていましたから。それで、最初は、自殺ではないかと、考えてしまったんです」

「彼女が、誰と一緒にいたかは分かったんですか？」

「そこが分からなくて、困っているのです。明日、最初に、彼女が目撃された観光列車『花嫁のれん』に、ご案内しようと思っていますが、そこでも、誰かと一緒だったという証拠は、今のところ、何もないのです」

「いろいろと問題のある事件ですね。殺された宇野喜代子という女性自身が、何となく謎めいて見えます」

と、十津川が、いった。

「その通りです。そのために、捜査が余計に難しくなっています。宇野喜代子という女性は、十五歳で、映画のヒロインになった後、突然アメリカに、行ってしまい、おそらく、その時点で、すでに、出産していたのでしょうが、アメリカで、子供を育てたらしいことが、分かっています。しかし、その子供のことははっきりしていません。娘が生まれたらしいという話は、聞いていますが、その名前は分かりませんし、いったい誰が、父親なのかも分かりません」

「その父親が、古賀代議士かもしれない。そういう噂も、流れているわけですね？」

「そうです。古賀代議士の、加藤という秘書に会って話を聞いたのですが、その噂は否定しています。古賀代議士に、そうした隠し子などいるはずがない。そんな根も葉もない噂を流されて、こちらは大いに、迷惑していると、加藤秘書は、いっています」

「しかし迷惑しているといわれると、かえって、古賀代議士の娘なのではないかという疑いが、強くなっていきますね」

十津川が笑った。

その日、十津川たちは、七尾市内の旅館に泊まり、翌日、篠原刑事と一緒に、七尾から金沢行きの、観光列車「花嫁のれん」に乗った。相変わらず、こちらのほうは、満席に近い。とにかく、華やかな列車である。

「花嫁のれん」には、和服姿のアテンダントが、同乗している。その一人が、宇野喜代子が乗っていたのと同じ列車に勤務していたというので、話を聞くことができた。

「私たちは、勤務中ここにいて、お客様のお世話を、いろいろとしなければなりませんので、問題の女性のことを、ずっと、見ていたわけではありませんし、突然、目の前に現れて、すぐに、姿を消してしまいました。それでも、三十歳くらいで、華やかな、加賀友禅の着物を着て、車内を歩いた後、個室に、隠れてしまったのです。すごくきれいな人でしたし、きれいな、着物でした」

「念のために、お聞きしますが、JRが、あらかじめ用意した女性モデルということでは、なかったんですね？」

「ええ、違います。JRで用意したモデルでも、着物でも、ありません。ですから、会社のほうも、ビックリしているんです。でもあの時は、喜んでも、いました。お客さまが喜んでいましたから。この『花嫁のれん』という特急列車の宣伝に、なると思ったんです」

と、アテンダントが、いった。

二両連結の車内を、歩いてみると、二人用の個室もあるし、四人用もあった。宇野喜代子が、個室の中で、美しい衣装に着替えて、車内を歩いてみせることは、十分に、可能なはずである。

そのあと個室で元の服装に戻ってしまえばいいのである。

「問題の花嫁衣装の女性ですが、金沢駅を発車する時にも、見かけましたか？」

十津川が、アテンダントに聞くと、

「いいえ、そういう女性は、見かけませんでした。もし、乗客の中に、そういう方が、いらっしゃれば、目立つので、すぐに、気がつくと思います」

と、いう。

やはり、この「花嫁のれん」に乗ってから着替えたのである。

「しかし、彼女が、なぜそんなことをしたのか、それが分かりませんね」

と、篠原刑事が、続けて、

「何のために、車内で花嫁衣装に着替えて、通路を歩いたのか、何のために、そんなことをしたのかが、全く分かりません」

十津川にも、その理由が、分からなかった。誰かに、見せたかったのか、それとも、ただ単に、花嫁衣装を着て、車内を歩いてみたかったのか、それが、分からないし、その後、宇野喜代子が、七尾の寺で、どうして殺されてしまったのか、その理由も、はっきりしない。

だが、「花嫁のれん」の中での行動と、七尾の寺で殺されたこととは、どこかで、つながっているに違いない。その想像はついた。

列車が金沢に着くまでの間に、十津川たちは、和倉温泉の有名旅館、加賀屋が、工夫したという和軽食のセットを食べ、その後、亀井刑事が、二両編成の車内を、持ってきたデジカメで撮りまくった。

終点の金沢で、降りると、篠原刑事は、すぐに、折り返して七尾に戻り、十津川と亀井の二人は、昨日教えてもらった、黒木のケイタイに電話した。

今どこにいるのかと聞くと、金沢市内の有名な場所で小賀れいらをモデルにした撮影が、行われているのを、遠くから、観賞していると、黒木が、答えた。

そこで、十津川たちは、その撮影場所に先回りすることにした。黒木の話では、今日は朝から撮影が行われていて、最初は金沢駅、続いて、兼六園、そして、午後からは、金沢市内の東の茶屋街で撮影をするという。

二人は東の茶屋街に先回りすることにした。

京都以上に歴史が残っているといわれる金沢には、市内に、東と西の茶屋街があって、そのほかにも、もう一つの、茶屋街があったといわれている。

北陸新幹線が、金沢まで開通して、金沢の茶屋街も、有名になり、観光客がたくさん来るようになっていた。今日も、ウィークデイなのだが、東の茶屋街には、カメラを抱えた観光客が、ゾロゾロ歩いていた。

午後の一時半をすぎて、金沢商工会議所のマークの入ったマイクロバスが、やって来た。茶屋街のモデルハウスの前で、停まると、バスからモデルの、小賀れいらと付き添いのマネージャーたち、それに商工会議所の職員二人が降りてきて、カメラマンも加わって、茶屋街での撮影が始まった。

その様子を、観光客が、遠巻きにして眺めている。更に、その外側に、十津川は黒木の姿を発見して、声をかけた。

「雑誌の編集者というのも、なかなか大変ですね」

と、いうと、黒木が、笑って、

「たしかに、大変ですが、好きでやっていますから」

「あなたは、写真を、撮らなくてもいいんですか？」

「うちの若い女性編集者が、一生懸命撮っているから大丈夫です」

と、黒木が、いう。

なるほど若い女性が、しきりにシャッターを、切っている。十津川は黒木から、小賀れいらたちの様子を聞いてみた。

「今日は、朝から大変でしたよ。とにかく、一生懸命やっていますね。昼休みに、三十分くらいの短い昼食の時間があっただけで、ずっと写真を撮りつづけています」

と、黒木が、いった。

「たしか金沢駅に行って、その後、兼六園で写真を、撮ったのでしょう？　その時に、何かありませんでしたか？」

　と、十津川が、聞いた。

「私も、それが、心配だったのですが、今のところ何も、ありませんね。モデルの小賀れいらに、近づこうとした人間も、いませんし、撮影の邪魔をするような人間も、現れていません」

　と、黒木が、いった。

「小賀れいらは、アメリカでずっと生活していたんでしょう？　日本語は大丈夫なんですか？」

　と、亀井が、聞いた。

「それは大丈夫なようですよ。何しろ母親とずっと一緒にいたようですから」

　と、黒木が、いう。

　その時、突然、遠巻きにしていた見物人の中から、三十代と思える男が、ノートを持って、人垣を、かき分けるようにして、撮影中のモデルに、突進していった。悲鳴が上がる。

その時男に最初に、体当たりをしたのは、小賀れいらと同じ年といわれる、小柄な女性だった。

　体当たりで倒された男は、大声で、

「何をするんだ！」

「それより、モデルに対して、何をしようとしたの？」

と、倒した娘が、聞く。

「僕は、ただサインをもらいたいと、思っただけだ。彼女に、僕が、何かをするはずがないじゃないか」

男が、また、大きな声を出した。

亀井刑事が、青年に近づくと、腕を、引っ張るようにして、十津川のところに、連れてきた。

十津川は、青年に、チラッと、警察手帳を見せてから、

「話は、私が聞く。本当に、彼女からサインをもらいたかっただけなのか？」

と、聞いた。

「決まっているじゃないですか」

と、男が、いう。

亀井刑事が、青年から、そのサイン帳と称するものを取り上げた。

ただの、スケッチブックである。そのページを、めくっていたが、

「どこにも、誰のサインも、書いていないじゃないか」

「だからさ、そのスケッチブックに初めてのサインを、彼女から、もらおうと思ったんだ」

「しかし、最初のページに描いてあるのは、あそこにいるモデルの、似顔絵じゃないか。これは、いつ描いたんだ？」

「金沢に着いてからだよ」

「君は、あのモデルのことを、知っているのか？」

「いや、知らなかった。朝、金沢駅の前で写真を撮っていたので、ああ、きれいな女の子だなと思って、似顔絵を、描いたんだ。そうしたら、午後も、市内で写真を撮っていたので、誰だろうか、有名なモデルかもしれないと思って、サインをもらおうとしただけだ」

と、男が、繰り返した。

「警察は、あのモデルの、ボディガードもやっているのか？」

と、男が、きく。

「いいから、身分証明書を見せて」

と、亀井が、いった。

男が見せたのは、運転免許証である。

「なるほど。東京の人か」

「そうだよ。金沢に観光に来たんだ」

「金沢には、何をしに、来たの？」

「だから、観光旅行だといってるじゃないか。僕は旅行が好きなんです。でも、団体旅行はいやだ。だから、いつも一人で、旅行してる。旅行をしたからといって、警察に、にらまれるとは思わなかったよ」

と、男が、いった。

十津川は苦笑した。

「われわれは別に、君をマークしていたわけじゃないよ。突然、突進してきて、モデルにぶつかりそうなところを、止められていたから、危ないなと思って、声をかけたんだ。それだけだよ」

「もう帰っていいんですね？」

「ああ、もちろん」

と、十津川が肯いた。

青年が走り去る。亀井が十津川に目で合図をして、尾行に入った。

3

東の茶屋街での撮影を終えると、最後は商工会議所に行き、そこで、会長と握手するところを撮って、一日の撮影が終わった。

十津川は、近くのカフェで、亀井の帰りを待った。そこに、黒木もやって来て、

「ああ無事でよかったです」

と、十津川に、いった。

二人が、コーヒーを飲んでいると、亀井刑事が、尾行から帰ってきた。

男が見せた運転免許証の名前は、三村修《みむらおさむ》、三十五歳である。

亀井は、カメラで、撮った、尾行中の三村修の写真を、十津川に見せた。それを、黒木も覗き込む。

「三村修は、あれからまっすぐ、金沢駅まで行きました。そこで中年の男と会って話をして、その後別れて、駅近くの、ホテルにチェックインしました」

と、亀井が、十津川に報告した。

「三村修が会っているこの男だが、見覚えがあるよ。たしか古賀代議士の、加藤という秘

書じゃなかったかな」

と、十津川がいうと、黒木も、

「加藤秘書なら、私も、会ったことがありますよ。この男は、間違いなく古賀代議士の秘書です」

と、いった。

「三村修は、古賀代議士に頼まれて、あのモデルの様子を見に来ていたのかもしれませんね」

と、亀井が、いった。

「その点は、慎重に調べたほうがいい」

と、十津川が、いった。

「古賀代議士が頼んだのかもしれないし、加藤という秘書が、自分の考えで、あの青年に、頼んだのかもしれない。その辺のことも厳密に調べたほうがいいな」

と、いった。

「代議士本人が頼んだにしろ、秘書が頼んだにしろ、これで、小賀れいらが、古賀代議士の娘である可能性が、高くなったんじゃありませんか?」

決めつけるように、黒木が、いった。

「雑誌なんかだったら、あやふやな話でも、クエスチョンマークを付けて記事にしてしまえば、発表できるだろうが、警察というのは、そういうわけには、いかないんだよ。容疑者の段階で名前を公表したり、十五年も前の話を、発表したりすることはやりたくないんだ」

あくまでも、十津川は、慎重だった。

その後、二時間くらいたって、若いカメラマンの綾乃が、撮影を、済ませてカフェに入ってきた。黒木に、

「これで本日の撮影は、全部終わったそうです」

「そうか」

「それから、明日は、モデルに『花嫁のれん』に乗ってもらって、列車の撮影をすることになっているそうです」

「それも、商工会議所の仕事なのか？」

と、黒木が、きいた。

「それは、分かりませんが、あの『花嫁のれん号』は北陸の鉄道、特に七尾線の宣伝になっていますから、金沢の商工会議所も、この際、写真を撮ってもらおうと考えているのではありませんか？」

と、綾乃が、いった。

「しかし、ちょっと危ないな」

と、黒木が、いった。

「どうしてですか？」

亀井が、きく。

「殺された宇野喜代子のことが、あるからですよ。宇野喜代子は、最初に『花嫁のれん号』に乗り、その後、七尾の寺の前で殺されたんですからね」

「明日、同じ列車に、われわれも乗ることになります」

と、十津川が、いった。

4

その日のうちに、翌日の、金沢発一〇時一五分の「花嫁のれん」下り一号の、四人用の個室を、黒木に予約してもらって、十津川と亀井は、いったん駅近くのホテルに入った。

事態が、急変していると、十津川も亀井も感じていた。だから、部屋に入っても、二人とも、なかなか眠れなかった。

「なぜだかは分からないが、危険な方向に事態が、動いている。そんな気がして、仕方がないんだ」

と、十津川が、いい、亀井も、

「その点は、私も同感です。自然にそうなっているのか、それとも、誰かが意図的に動かしているのか、そこが知りたいですね」

しかし、分からないままに、眠ってしまい、翌日を迎えた。

金沢駅から、一〇時一五分発の和倉温泉行きの「花嫁のれん」二両連結である。その一号車に四人用の個室があって、そこに十津川と亀井、七尾警察署の篠原刑事、そして黒木の四人が入り、カメラマンの綾乃は、二人用の席を取ったが、終点の和倉温泉に着くまで、一号車と二号車の間を走り回って、写真を撮ることになった。

定時の一〇時一五分に「花嫁のれん」和倉温泉行きが、金沢駅を出発した。

十津川たちは、その四人用の個室に入った。

一般的にいう個室という感じではなかった。開放された、個室とでもいうのか、中を見ようと思えば、通路を歩きながら見ることが、可能なのだ。

しかし、洋服を、掛けてしまえば、通路から室内は、見えにくくなる。そうしておいてから、着替えをすれば、誰にも見られずに花嫁衣装に、着替えることは、決して難しいことではなかったろう。

「しかし、いったい何のために、宇野喜代子は日本に帰ってきて、この『花嫁のれん』に乗って、花嫁衣装で、一号車と二号車の間を歩いたのか、その理由が、分からないな」

と、十津川が、いった。

「ただ単に花嫁衣装を着て、一号車と二号車を、歩きたかったという、それだけではなかったと、思います」

と、篠原刑事も、いう。

「その点は、われわれも、同じです。おそらく何か、強い理由があってのことだと思います」

「誰かに、見せつけるためじゃないですかね?」

と、亀井が、いった。

「誰かって、誰に?」

「普通に考えれば、古賀代議士じゃありませんか」

「理由は?」

「これは、私の勝手な想像ですが、当時十五歳だった宇野喜代子は、古賀代議士と、関係ができて妊娠しました。認知してくれといっても、古賀代議士は、話に応じようとはしませんでした。それどころか、堕ろせと命令したのかも知れません。喜代子は、腹を立てて、子供を産んで、アメリカへ行った。そして十五年後の今、復讐のために、日本に帰ってきたのではないかと思うのです」

「『花嫁のれん』号でのパフォーマンスはその予告か？」

「だと思います」

「いずれにしろ、古賀代議士は、宇野喜代子とその娘が、突然、アメリカから日本に帰ってきたことを、迷惑だと思っているに違いない。それが、秘書の態度に表れたり、青年が金沢にやって来て、れいらを脅したりした。そう考えて、おそらく間違いないだろう」

と、十津川が、いった。

第四章　映画の話

1

最初の火付け役となったのは、地元の新聞だった。

「先日亡くなった宇野喜代子の遺児、小賀れいらを主役として、もう一度、十五年前に宇野喜代子が主演した、映画『北の城の花嫁』を製作しようという話が、今、持ち上がっている」

そんな記事が、載ったことがきっかけだった。

そこでは、十五年前の映画「北の城の花嫁」の監督をした入江洋一郎が、

「自分としては、今回『北の城の花嫁』が十五年ぶりに、再映画化されることを、心から望んでいます。幸い、小賀れいらさんは、母親の宇野喜代子さんに負けず劣らずの美貌の持ち主ですし、女優としての才能もありますので、彼女を主役にすれば、いい映画が撮れるに違いない。そんなふうに思っています」

と、話している。

最初は、その記事にあまり真実性が感じられず、そのまま埋没してしまうのではないかと思われたが、一週間後に今度は女性週刊誌が、この再映画化話を大きく取り上げたことで、人々の話題を呼んだ。

女性週刊誌は、亡くなった宇野喜代子の写真と、モデルを始めたばかりの小賀れいらの写真を並べて掲載し、大きく紹介した。

監督は十五年前、宇野喜代子の主演で作った映画「北の城の花嫁」の入江洋一郎、七十歳が、できれば小賀れいらを起用して、もう一度監督をやりたいと熱望していると書き足した。

とどめになったのは、全国紙の社会面が、この話を大きく取り上げたことだった。

更に、再映画化には、七尾の市民も大歓迎で、最近の城ブームにあやかって、長尾城を再建しようという話も市民の間に持ち上がっているという。

問題は資金だが、映画製作の資金二十億円を自分が出そうというスポンサーも、すでに、見つかったというのである。氏名は、本人の希望によって明らかにすることはできないが、全国チェーンの飲食店を展開している会社の社長で、七尾市の生まれだというのである。七尾市民、いや石川県民も諸手を挙げて、「北の城の花嫁」の再映画化に、賛成しているという。

反対しているのは、いや、正確にいえば、反対というより、この騒ぎを冷静な目で見つめていたのは、十津川だった。

十津川は、東京に戻ってくると、捜査会議で、この騒ぎを分析して次のように話した。

「よく分からないままに、あれよ、あれよという間に、『北の城の花嫁』の再映画化が決まってしまった。映画全盛の時なら、別に不思議とも何とも思わないのだが、現在は映画が流行《はや》っている時代ではなくて、映画を作りたいと思っても、製作費を出してくれるスポンサーがなかなかつかなくて困っているのだという話を聞いている。それなのに、今回の再映画化の話は、あっという間に決まってしまった。どうして、こうも簡単に、決まってしまったのか、それが不思議で仕方がないのだ。そこには、何か特別な理由があるような気がするんだ」

十五年前に、宇野喜代子の主演で映画化された「北の城の花嫁」のストーリイは、次のようなものである。

十津川は、映画のシナリオを探してきて、それを披露した。

映画のヒロインは、琴姫《ことひめ》という姫君に扮した宇野喜代子だが、もう一人は、長尾の城主、長尾重里である。長尾重里は美男子で、二十歳の時、前田藩の姫君、琴姫に恋をした。琴姫のほうも長尾重里に好意を持ち、二人は結婚した。

ところが、これをねたむものがあり、さまざまな噂が飛び交うようになった。

重里が、女狂いなどというのは可愛い方で、前田藩に対して、謀反《むほん》を企んでいるという危険な噂まであった。

長尾藩に対して、はるかに雄藩の前田藩主は、怒り、琴姫を戻し、重里には、直ちに隠居せよと要求してきた。さもなければ、攻撃するというのである。

若い重里は、それを拒否し、長尾城に籠城した。が、それに合わせて、重里と共に城に入った家臣は、わずかに十七人だった。それに対して、攻撃側の前田藩の数は五百人である。

その時、琴姫は、父に反抗し、夫に従って、長尾城に立て籠もった。それだけでなく、白装束になぎなたを持ち、攻撃してきた前田藩の兵士と戦ったが、その美しさに敵味方とも、見惚れたという。

結局、重里と琴姫は、城に火を放って自刃《じじん》するのだが、その後しばらく、二人の亡霊が、長尾城跡に出現した。これが十五年前の映画「北の城の花嫁」のストーリイである。

もちろん、これは実話ではない。前田藩と、細かいいざこざはあったが、戦った事実はない。

長尾城が焼失したのは、事実だが、落雷のせいだと藩史には書かれている。

「従って、映画のストーリイは架空なのだが、それにも拘わらず、といったらいいのか、ここにきて、十五年前の映画のＤＶＤまで販売された。それも、売れているのだ。ただ、われわれ警察としては、あくまで冷静に事件を捜査する必要があるし、その点では、石川県警の考えも、同じだ」

と、十津川は、いった。

しかし、地元の石川県、特に七尾では、一つの事件が、持ち上がった。

刑事事件ではない。

いわば、芸能関係の事件である。しかし、そのために、逆に、早いスピードで広がった。

「映画『北の城の花嫁』は事実を歪曲《わいきょく》している」

この見出しで、地元の新聞に、大きく載ったのである。

「十五年前の映画に関係した人たちは、もともとストーリイは、映画のために作られた架空のものだといっていたのだが、今回発表された『北の城の花嫁』のストーリイは、実際にあった話をねじ曲げていると、非難しているのである」

と新聞は書く。

「長尾藩の藩主に、長尾重里という当主がいたことは、間違いのない事実である。当時の文献を読むと、この長尾重里は、かなりの美男子で、前田藩の十五歳の姫君に恋をしたと書かれている。

五歳年上の長尾重里は、前田藩の十五歳の姫君、琴姫と結婚した。

ところが、この姫君は、前田藩が、長尾藩の動向を探るために、長尾重里のもとに輿入《こしい》れさせたのだという。いわば、十五歳の琴姫は、大藩の前田藩が小藩の中から台頭してきた長尾藩の動きを監視し、牽制するために派遣したスパイだというのである。

長尾藩の藩主、長尾重里は、それを、全く知らずに、自分の元に嫁いできた十五歳の姫君、琴姫のことを心から愛した。

琴姫のほうも、自分がスパイであることをすっかり忘れて、心から重里のことを愛してしまった。それだけでなく、父の前田藩主に反抗するようになった。琴姫が前田藩の悪口を口にしたり、前田藩主の政治についてあれこれ噂を広めたりすることに怒り、長尾重里に対して、琴姫を殺せと命令してきたのである。

長尾重里は、前田藩の、その要求をいいがかりだと、はねつけた。するとこのことに怒った前田藩主は、琴姫を自刃させない長尾重里の態度を責め、突然、五百の軍勢を長尾藩に差し向けてきたのである。

そうしておいて、前田藩は、二者択一を、重里に要求してきたのである。琴姫を差し出すか、それとも、重里自身が隠居して、長尾の城を出るか、そのどちらかを、選べという、二者択一の要求である。

自分がスパイであることを忘れ、重里を深く愛するようになっていた琴姫は、自分が嫁いできた時の、本当の目的を、夫の重里に告白した。

それでも、重里の気持ちは、変わらず、攻めてくる前田藩の軍勢五百に対して、長尾城に籠城して、戦うことを決意した。

しかし、大藩である前田藩の勢いを恐れて、重里と共に長尾城に籠城した家臣は、わずか十七名だった。

長尾城の攻防は熾烈《しれつ》を極め、中でも特に、白装束に身を固め、なぎなたを振るって戦う琴姫の姿には、その美しさに味方も敵も見惚れたといわれている。

しかし、十七名では、どう戦っても支えきれない。最後に長尾城主、長尾重里は自刃したが、琴姫に向かって、お前は前田の実家に帰れといい残した。が、琴姫は夫の言葉には従わずに、自ら懐剣で喉を切って亡くなった。亡き夫の後を追った。

しかし、その後、前田藩の城の中に夜な夜な、美しい白装束の琴姫の幽霊、それが血にまみれた無念の顔で出てきて、前田の当主を、夜ごと苦しめているという噂が立ち、前田藩主は、三十歳という若さで隠居した。

『北の城の花嫁』の真実の物語である」

これが地元の新聞に掲載された、記事の全文だった。

記事の最後には、今回予定されている新しい映画は、この事実に基づいて作っていただきたいと書かれ、この文章の責任者は、「長尾城を愛する一同」と、サインがあった。

ところが、その一週間後、今度は「歴史の歴史」という小さな雑誌に、この記事を批判する投稿が載ったのである。

それはかなり長いものであり、その投稿には、次のような言葉が並んでいた。

「先日、地元の新聞に十五年前の映画『北の城の花嫁』に対する批判が載った。

しかし、長尾藩の本当の歴史を、知っているわれわれからすると、先日の批判文のほうが噴飯《ふんぱん》ものである。実際の長尾藩の物語は、平凡だが、微笑《ほほえ》ましいものだからだ。

たとえ映画でも、歴史を曲げてはならない。そこで、ここに、真実の歴史を書いておこう。

長尾藩の当主、長尾重里が美男子だったことはよく知られている。そして、前田藩の娘、琴姫、十五歳を妻として迎えたこと、重里が琴姫を心から愛したこと、それも、事実である。

ただ、琴姫が、本当は前田藩主の娘ではなく、実際には徳川の親藩、尾張名古屋の家に生まれた女性であることは、あまり知られていない。

尾張藩の姫君が、なぜ、わざわざ前田藩の姫君として長尾藩主、重里に嫁いだのか？

これは明らかにされていないが、この琴姫は、尾張藩主の正統な姫君ではないということである。かつて尾張藩主が遊び人だった頃、商家の娘に生ませた子供であるという話が、密かに、伝わっているのだ。

そこで、御三家の尾張藩としては、この事実を隠すために、琴姫を前田藩の姫君として長尾藩主、長尾重里のところに嫁入りさせたというのが事実である。

この琴姫と長尾重里との結婚は数年間、何事もなく続いていたのだが、長尾重里が亡くなった後、その悲しみのためからか、琴姫の様子が次第におかしくなり、突然、白装束に身を包んで一人で舞い始めたり、なぎなたを振るって危うく侍女を殺しかけたりした。

この一件は、長尾藩、前田藩、そして、尾張藩も、公になってしまうと、自分たちの歴史に、傷がつくというので、あらゆる手段を尽くして隠したといわれている。

この事実が、少しずつ明らかになってきたのは、戦後になってからである。

今回、新たに『北の城の花嫁』の映画が作られるというのであれば、この隠された歴史についても十分に注意を配って、真実の長尾物語を、映像化していただきたいと思っている。

真実を知っているわれわれとしては、このことだけを、関係者の皆さんに、今から、お願いをしておく。

長尾藩の真実を愛する者一同」

これが「歴史の歴史」に掲載された、全文だった。

その記事を読んだ長尾藩の関係者が、新しい「北の城の花嫁」の製作費として二十億円の資金を提供すると宣言した全国チェーンの社長に対して、

「これでも資金を提供するつもりなのか？」

と、聞いてきたという。

それに対して社長は、

「私は七尾の生まれ育ちであり、長尾藩の物語を、映画にしたいというのは、前々から夢でありました。したがって、何があろうと、二十億円の資金は提供します。映画のストーリイについて、私は、何も口をはさむつもりはありません。専門のスタッフと映画を製作する監督の入江洋一郎さん、脚本を書いているシナリオライターが相談し、最も正しい、そして楽しめる映画を作っていただきたい。私の願いは、ただそれだけです」

と、答えたという。

十津川は、こうした映画絡みの話を耳にすると、亀井刑事と二人で、再び金沢を訪ね、七尾警察署の篠原刑事と、鉄道雑誌「鉄道アラカルト」の編集者、黒木にも、集まってもらい、話し合いを持つことにした。

金沢市内の個室のあるカフェを探して、そこでコーヒーとケーキを前に置いて、である。

まず十津川が、口火を切った。

「ここに来て、入江洋一郎が監督した『北の城の花嫁』という、宇野喜代子が主演した十五年前の映画の評判がいいので、再映画化しようという話が生まれています。映画は製作費の目処《めど》がついたので、製作されることになったと聞きました。それは、おめでたい話だと思いますが、この数日いろいろと、ストーリイについての問題が出てきています。こうしたことが果たしてわれわれの、捜査に関係があるのか、それとも全く、関係がないのか、今のところ、判断がつかなくて困っています。そこで、われわれ警察と異なる視点からこの事件を追いかけている黒木さんから話を、聞きたいと思っているのですが、どうですか？」

「実は、私も戸惑っていて、考えがまとまっていないのです」

と、黒木が、いった。

「黒木さんはどこが問題だと思っているんですか？」

「私は鉄道雑誌『鉄道アラカルト』の編集者ですから、観光列車『花嫁のれん』が人気があるというので、東京から、カメラマンを連れて、取材にやって来ただけだったのです。ところが、現場で宇野喜代子が、あんな形で死んでしまいました。それで、否応《いやおう》なしに、鉄道以外の問題にまで、踏み込んで取材を続けているのですが、どうしても、これは、社会問題になってくると思いますね。何しろ、宇野喜代子の死が、自殺ではなくて、他殺だと断定されていますから、これは、うちの雑誌が扱うことじゃないなと思いながら、個人的には興味を持って見守っているんです」

と、黒木は、いう。

地元七尾警察署の篠原刑事は、もう少し冷静な目で今回の事件を、見ていた。

「地元の警察としては、今回の事件が大きくなってしまうことを、最も、警戒しています。今一番の関心は、宇野喜代子について、彼女がアメリカに滞在していた頃の話が、こちらに全く伝わっていないということです。もし、当時のことが動機になって、彼女が殺されたのだとすれば、このままでは、捜査がむずかしい。そんな時に今回、金沢商工会議所の依頼で、金沢にポスターの写真を撮りに来ている小賀れいらのほうから、こんな提案が持ち出されたのです。ポスターの制作の仕事が終わった後であれば、警察に対して、自分と母親の宇野喜代子について、話をしてもいい。ただし、マスコミには黙っていてほしい。そういう申し出があったんですよ。それで、明日、小賀れいらに会うことになっているのですが、どうですか、よかったら、皆さんも同席しませんか？　彼女の話をマスコミには流さないという、約束をしてくだされればですが」

と、篠原が、いった。

十津川は、すぐに、

「私もぜひ、小賀れいらさんの話を、聞きたいですね」

と、いい、黒木も、

「私も、ぜひ、お願いします。マスコミの人間ですが、幸い、私が編集している雑誌は鉄道の専門雑誌で、彼女の話は載せなくても済みますから、問題はないと思います」

と、いった。

「分かりました。では、皆さんも、参加すると、小賀れいらに話しておきましょう」

と、篠原刑事が、いった。

十津川と亀井は、その日、金沢市内のホテルに一泊し、翌日、ホテル内の個室を借りて、十五歳の小賀れいらを囲んで、話を聞くことにした。

ひとりで来た彼女に向かって、黒木が聞いた。

「今日は、れいらさん、お一人なんですか？　マネージャーの坂本さんは、一緒ではないんですか？」

「ええ、私一人だけです。お話ししたいことは、個人的なことですから、マネージャーには、遠慮してもらいました」

はっきりした口調で、小賀れいらが、答えた。

「念のために、確認しておきたいのですが、あなたは、先日亡くなった宇野喜代子さんのお子さんで、間違いありませんね？」

亀井刑事が、聞いた。

「はい。私は宇野喜代子の実の娘です」

「しかし、宇野と、小賀と姓が違っていますね。もちろん、あなたは、結婚しているわけではないでしょう？」

十津川が、聞いた。

「この話は、母が、私に、話して聞かせてくれたことなんですけど、母は映画の撮影が終わった後、突然、日本から、逃げるようにして、誰にも告げず、私と二人で渡米したそうです。その時、母はすでに、私を出産していたんです。ところが、アメリカで、赤ちゃんの私をかかえて、母は、一人だけでアメリカで生きていく自信がなくなってしまい、たまたま、向こうで知り合ったニューヨーク在住の日本人、小賀さん夫妻に、お願いをして、私を、養子にしてもらい、育ててもらうことにしたのだそうです。母も、子煩悩な人でしたから、小賀さん夫妻とのつき合いが、続いていて、時々、私の成長を見るために、小賀家を、訪れていたといっていました」

「よく分かりました。小賀さんご夫妻は、今でも、アメリカで、ご健在なんですか？」

篠原刑事が、聞いた。

「いいえ、二年前に、養父も養母も病気で、相次いで、亡くなりました。ほかに、身内がいなかったので、私は、一人きりになってしまい、その上、ここにきて、宇野喜代子が日本で殺されたことを聞きました。なぜ、産みの親の宇野喜代子が、亡くなってしまったのか、それも知りたくて、日本行きを、志願しました。その時、たまたま、MMMというモデルクラブの方に声をかけられたので、お願いすることにしました」

「これは、答えにくい質問かもしれませんが、宇野喜代子さんが、日本に来て、突然、殺されてしまいました。その理由について、何か思い当たることがありますか？」

と、十津川が、聞いた。

「いいえ。全くありません」

「宇野喜代子さんは、日本に行く時、あなたに、どんな用事で日本に行くと、いっていたんですか？」

と、黒木が、聞いた。

「私が聞いても、母は、なかなか、話してくれなかったんですが、それでも、私が飛行場まで行って見送った時、母は一言だけ、こういいました。過去の清算だって」

「過去の清算ですか？」

「ええ、そうです」

「過去の清算って、いったい、何のことでしょうか？」

と、篠原刑事が、聞いた。

「それは、私には分かりません。母は日本時代のことを、あまり話してくれませんでしたから」

と、れいらが、いう。

「あなたには、養子に行った、両親がいますよね？　それでも時々、宇野喜代子さんにも、会っていたわけですか？」

聞いたのは、黒木だった。

「はい」

「どうして、時々、宇野喜代子さんに、会っていたのですか？」

「正直にいうと、私は、育ての母親よりも、私を産んだ宇野喜代子のほうが、性格が似ていて、話しやすかったし、それに、何といっても、産みの親ですから」

と、小賀れいらが、いった。

「今、あなたがいった、宇野喜代子さんの性格というのは、どういうものですか？」

と、十津川が、聞いた。

「気の強いことですかね。人を愛することもできますけど、憎むこともできます。そんな性格ですね」

と、れいらが、微笑した。

「日本で、特に会いたい人はいますか？」

と、篠原刑事が、聞いた。

「そうですね。母の宇野喜代子のことを、知っている人がいれば、全員に会って、話を聞いてみたいと思っています」

「話は変わりますが、古賀代議士という政治家が、いるんですが、あなたは、その人を知っていますか？」

篠原刑事が、聞いた。

「いいえ、知りません。政治には、興味がないので。その人は、母の知り合いなんでしょうか？」

「いや、それは、自分で調べたほうがいいでしょう」

「それでは、入江洋一郎という映画監督のことは、知っていますか？」

と、黒木が、聞いた。

れいらは、ニッコリして、

「実は、母が十五年前に出演した『北の城の花嫁』という映画のＤＶＤを、買ってきて、それを見ました。だから、入江洋一郎さんという人は、監督した人だと知っています」

「それでは、小野寺さんという大企業の社長さんのことは、知っていますか？　会ったことはありませんか？」

これは、亀井刑事が、聞いた。

「小野寺さんですか？」

「そうです」

「いいえ、知りません。会ったこともありません。その人も、母と何か関係のある人なんですか？」

「十五年前に、映画『北の城の花嫁』を作った時、その資金を出した人ですよ。それに、小野寺さんは軽井沢に別荘を持っていて、あなたのお母さんの、宇野喜代子さんも、時々、その別荘に行っていたと、聞いています」

と、篠原刑事が、いった。

「日本の軽井沢に別荘が多いというのは、母の宇野喜代子からも、聞いていました。ですから、一度は軽井沢に行ってみたいと、思っています」

と、れいらが、答えた。

「ところで、あなたと一緒に、金沢に来ているマネージャーの坂本さん親子ですが、あの人とは、古いつき合いなんですか？」

篠原刑事が、質問をした時、彼のケイタイが鳴った。

「今の質問は、電話が終わってからにしましょう」

そういって、篠原は、部屋を出ていき、五、六分して戻ってくると、

「七尾警察署から、緊急の連絡がありました。今、話題に出たばかりの、坂本みずほさんがケガをして、救急車で、病院に運ばれたそうです」

と、いった。

「ケガをしたって、いったい何があったんですか？　交通事故ですか？」

「いえ、交通事故ではないようですね」

「どの程度のケガなんでしょうか？　重いんですか？」

青ざめた顔で、小賀れいらが、矢継ぎ早に聞く。

「いや、ケガの程度は全く分かりません。ただ、坂本さんが運ばれた救急病院は、分かりますから、今から一緒に、行きませんか？　私は、県警のパトカーで急行します。一緒に行く人は、皆さん乗せていきますよ」

と、篠原刑事が、大きな声で、いった。

2

パトカーで、向かったのは、駅近くの救急病院だった。

受付で、

「先ほど救急車で、坂本みずほさんという女性が、こちらに運ばれてきたと思うのですが、彼女の容態は、どうなのですか？」

篠原刑事が、聞いた。

「今、担当の医師が、診ていますが、意識もはっきりしていますし、命には別状がないようです」

と、受付の女性が、いった。

「命に別状がないのは本当なんですね？　間違いありませんね？」

念を押すように、れいらが、聞くと、

「詳しいことは、三階に行って、ナースセンターで、話を聞いてください。こちらでは、今お話しした以上のことは、何も分かりませんので」

と、いわれてしまった。

十津川たちは、エレベーターで三階に上がった。

篠原刑事が、そのナースセンターで、警察手帳を見せ、

「ここに救急車で運ばれてきた坂本みずほさんの様子は、どうですか？」

と、聞いた。

「今、手当てを終わって、この三階の一二号室で、安静にしていますよ。命には別状がないので、安心してください」

と、看護師が、いった。

「それで、坂本さんは、誰かに、殴られたんですか？　それとも、自分で転んだりして、それで、ケガをしたんですか？」

と、れいらが、聞いた。

「私が聞いたところでは、何でも、駅の近くの盛り場の路地を歩いていたら、酔っ払いに、いきなり殴られたらしいですよ。そういうことのようですが、それ以上のことは、私にも分かりません」

とにかく、本人から、直接話を聞かなくてはと、十津川たちは、ナースセンターの近くにある、坂本みずほの入っている病室、三一二号室に急いだ。

十津川たちが、中に入っていくと、ベッドに、小柄な坂本みずほが、寝かされていて、

看護師が一人、ベッドの横に、腰を下ろして、坂本みずほの様子を見守っていた。

「坂本みずほさんと話をしてもいいですか？」

十津川が、聞くと、看護師は、

「今は無理だと思いますよ。何しろ、手当てを終えた後、睡眠薬を飲んで、眠っているところですから。少なくともあと、二、三時間は、このままにしておいた方がいいですよ」

と、いわれてしまった。

「ナースセンターで、聞いたところ、坂本みずほさんは駅近くの路地で、いきなり、酔っ払いに殴られたそうですね？」

と、黒木が、聞いた。

「ええ、たしかに本人は、そういっていましたね」

「それで、どの程度の傷なのでしょうか？　重傷ですか？」

「どうやら顔を殴られたらしく、ここに運ばれてきた時は、目尻から、血を流していました。でも、先生の診断では、軽傷で、二日もすれば退院できるだろうということでしたから、大きなケガではありません」

と、看護師が、いった。

「それで、坂本さんを殴った酔っ払いというのは、捕まったんですか？」

と、れいらが、聞いた。

「いえ、現場から、逃走して、まだ、捕まっていないようですよ」

「マネージャーの坂本さんは、どうして一人で、そんな盛り場に、行ったのでしょうか？何か知っていますか？」

黒木が、れいらに聞いた。

「日本には、母の宇野喜代子のほうが、先に来ていたんですけど、亡くなるまでに、二回、日本から、ニューヨークの私に、電話をしてきました。その時に、金沢の町の繁華街に行ってみる。そこに、行けば、いろいろと昔の話が聞けそうだからと、母は、いっていたんです。そのことを、思い出したので、昨日、マネージャーの坂本さんに、そのことを話したら、若いあなたが、そんなところに行くのは心配だけど、私なら、大丈夫だから、あなたの代わりに、行ってきてあげる。何か分かったら、すぐに、教えてあげると、そういわれたんです」

「その何かというのは、あなたには想像がつきますか？」

と、篠原刑事が聞いた。

「いえ、分かりません」

「それは、この坂本みずほさんが目を覚ましたら、彼女に聞けば分かるのではありませんかね」

と、黒木が、いった。

十津川は、事件が少しずつ広がっていくのを感じた。

「われわれは、失礼しよう」

と、十津川は、亀井を誘って、病室を出た。

金沢は、新しくなった。が、古いところは、そのまま、保存されているだろう。何しろ、戦争の被害を、ほとんど、受けていないからである。

十五年前、「北の城の花嫁」という映画が作られた。金沢の古い町並みでも、ロケがされたと聞いている。

また、その他大勢の大部屋の役者たちは、連日、金沢の飲み屋街で、飲んでいたとも聞いている。

坂本みずほは、そんな飲み屋街に行ったのではないか。

「行ってみよう」

と、十津川がいった。

金沢駅近くにある飲み屋街を探して、二人は入って行った。

小さな店が並んでいるのは、どこでも同じだ。だが、坂本みずほが、どの店に行ったのかが、分からない。そのうちに、亀井が、「あの店じゃありませんか」と指さした。

「北の城」

と書かれた看板が眼に入った。

肯いて、十津川たちは、中に入った。

「――――」

何かいったらしいのだが、はっきり聞こえない。とにかく、六十歳ぐらいのおかみさんに迎えられて、二人はカウンターに腰を下ろした。

奥に、小さなテーブル席があって、そこに、三人の男女が、顔を突き合わせて、何か話している。

十津川は、ビールを頼んでから、改めて店の中を見廻した。

壁に、ベタベタと写真が貼ってある。ほとんどが、映画「北の城の花嫁」の写真だった。

その中に、侍女役の写真があり、よく見ると、カウンターの向こうにいるママなのだ。

「なるほどね」

十津川が、ひとりで肯くと、

「何が、なるほどなんです？」

「ママさんは、あの侍女役をやった人なんだなと思ってね」

「あの頃は、もっと若くて、きれいだったんですけどねえ」

「今だって、美人だよ」

と、亀井がいい、カウンターの中で、料理を作っている男に向かって、

「まず、お刺身二つね」

と、注文してから、

「おじさんも、十五年前の映画に出ているんじゃないの？」

「わたしは、その他大勢でしたがね」

と、相手がいう。

「今度、再映画化の話があると聞いているんだが」

と、十津川がママにいった。

「ええ、知ってますよ。それで、今夜おそく、入江監督がここに来るという話があるんですよ」

ママは、少し、得意そうに、いった。

「入江監督は、よく飲みに来るんですか？」

「たまにね」

「どんな話をするんですか？」

「たいてい泣きごとね。映画の監督をやりたいんだけど、なかなか、話が来なくて、仕方なしに、テレビの脚本《ほん》の仕事をやってるんですって」

「でも、今度は、再映画化で、入江さんが監督するんじゃないんですか？　そんな話を聞いたことがありますが」

と、十津川がいった。

カウンターの中で、二人は、顔を見合わせてから、

「まだ、決まってないみたいよ」

「じゃあ、大変ですね」

と、ママが、いった。

「今、映画に資金を出す人が少ないから、映画の話になると、大変。売り込みが」

と、ママが、いう。

刺身が運ばれてきて、しばらく飲んでると、その入江監督が、入ってきた。

すでに、少し酔っている感じだった。

カウンターに腰を下ろして、

「お金の話は、しんどいね。肩がこるよ」

と、いってから、酒を注文した。

「でも、スポンサーの社長さんとは、会ったんでしょう？」

「社長じゃなくて、映画のことを任されている奥さんにね。監督は、あなたがやってくださいと、いわれてるんだ」

「それなら、もう、先生に決まったようなものじゃありませんか」

「私は、そう思ってるんだが、何しろ、二十億円出すスポンサーだから、私に断らずに、売り込みに走る奴が多くてね。そういう連中が、何をいうか分からないんだよ。若い監督の中にも、売り込みに走る者がいてね。そういう連中は、私のことを、古くて面白くないと、クソミソにいっているらしいんだ」

「誰です？」

「本橋《もとはし》クンだ」

「彼なら、おととい飲みに来ましたよ。その時は、先生のことを、めちゃくちゃに誉めていて、出来れば、助監督をやって、勉強したいと、いってたんですけどねえ。今度来たら、ガチンと、いってやりますよ」

そんな会話は、延々と続き、入江は、ひものを肴《さかな》に、酒のピッチが速くなっていく。

その時、奥のテーブルにいた男女の三人が急に立ち上がって、

「ご馳走さま」

といって、あたふたと出て行った。

「どこかで見た顔だな」

入江が、いう。

「先生が監督したテレビドラマに出ていた連中ですよ。その他大勢で」

「ああ、思い出したよ。本橋クンと、仲がいい奴等だよ」

「そうなんですか？」

「本橋クンを中心に、『新しい風』とかいうグループを作っているよ」

「ああ、それで、先生を見て、逃げ出したんだね」

と、ママが、笑った。

第五章　京都望見

1

十津川は、自分の立場が微妙になっていることは感じていた。

石川県の七尾で起きた殺人事件に、十津川、あるいは、警視庁捜査一課は、関係がない。それだけならば、十津川は、警視庁の刑事として、今回の事件の捜査に当たることは、なかった。

ところが、七尾の殺人事件に、現在、与党の副幹事長を務めている大物政治家、古賀代議士が、絡んでいるのではないかという疑いが持たれて、そのために、警視庁が事件の捜査に加わることになった。目下、その捜査に当たっているのは、捜査一課の十津川と、部下の刑事たちなのである。

しかし、捜査の対象が、大物政治家の古賀代議士ということで、十津川の上司、三上《みかみ》刑事部長などは、もともと政治家に弱いタイプなので、

「いいかね、われわれの捜査のために、古賀代議士を、怒らせるようなことだけは、絶対に慎んでくれよ。そんなことになったら、後が厄介だからな」

何かというと、十津川たちの動きにブレーキを、かけてきた。

そんな、上司の注意を聞いたりしていると、上司の注意を聞いたりしていると、十津川としては、今回の事件についての自分の立場が、何となく、中途半端なものに思えてしまうのである。

十津川本人としては、七尾市で起きた殺人事件のほうに興味があるのだが、そちらのほうは、石川県警の捜査対象なので、こちらとしては、古賀代議士の周辺を遠慮しながら調べることになってしまうからである。

それでも、十津川は今、二つのことを調べようとしていた。

一つは、七尾で殺された宇野喜代子の娘、十五歳の小賀れいらの、アメリカでの十五年間であり、もう一つは、金沢で会った三村修という若い男のことである。

三村修は、古賀代議士の秘書、加藤と会って、話をしているところが、目撃されている。

二人が、どんな関係なのかを調べた。

まず、小賀れいらの件である。十津川は、ニューヨークにある総領事館に、調査を依頼

していた。その結果が、やっと、届いたのだ。

それによれば、十五年前、宇野喜代子がアメリカのニューヨークで、子供の滞在の手続きをしていることが分かった。養子の話は偽りだったのだ。

その時、子供の名前を、ローマ字で「REIRA KOGA」と書いて届け出ていることが分かった。

どうやら、宇野喜代子が、ローマ字で書いた「KOGA」は、漢字で書けば「小」ではなく、あくまでも「古」のつもりで「KOGA」と登録したらしい。

ところが、受け付けたアメリカの役所のほうでは、勝手に「古」ではなく、小さな「小」、小賀れいらと、登録してしまったらしいのである。

そのことが、ニューヨークの総領事館から、十津川に、報告されてきた。

もう一つは、金沢で出会った、三村修の件である。運転免許証から三村が、東京の人間であることが分かったが、その線から、調べていくと、東京の世田谷区内で、個人的な私立探偵をやっている男と分かった。

この三村修が、金沢の市内で古賀代議士の加藤秘書と、話をしていたところを見ると、加藤秘書が、私立探偵の三村修を雇って、何かを、調べさせていると、想像することができた。

たぶん、その対象が、七尾で殺された宇野喜代子であり、その娘で、金沢に来ている、小賀れいらのことだろうと容易に想像できた。

この二つの事実について、十津川は、亀井と二人、金沢に行き、石川県警の篠原刑事に伝えた。

十津川の報告を聞いて、篠原刑事は、まともに嬉しがった。

「十津川さんのおかげで、やっと、自分の捜査に、自信が持てるようになりましたよ。今、金沢で、宣伝ポスターの写真を、撮っているモデルの小賀れいらが、古賀代議士の娘であることが分かってきましたし、おそらくは、古賀代議士の指示を受けてなのでしょうが、加藤秘書が、東京の私立探偵を雇って、宇野喜代子や、あるいは、娘の小賀れいらのことを、調べさせていることがはっきりしました」

と、篠原が、いうのである。

「ちょっと失礼」

と、いって、篠原刑事が、席を立ち、二、三分すると、戻ってきて、十津川の前に座った。

どうやら、篠原刑事は、石川県警本部に、十津川から聞いたことを報告したらしい。

篠原刑事は、十津川に、

「本部長も、とても喜んでいました。これで本格的な捜査に、踏み切れるといっていました」

と、笑顔で、いった。

金沢には、もう一人、黒木という事件の関係者がいた。

十津川が、金沢に来ていることを知ると、黒木のほうから、十津川が泊まっているホテルに、会いに来た。

ホテルで会うなり、黒木が、嬉しそうに、

「十津川さんのおかげで、いろいろと分かったことがあると、篠原刑事が、いっていましたよ」

と、いうのである。

十津川は、苦笑した。

「あの篠原刑事と、親しくしているみたいですね」

「そうですよ。何しろ、今回の一連の事件に、一番深く関係しているのが、あの篠原刑事で、その次が、おそらく、この私じゃないですかね」

と、黒木が、いった。

その後で、黒木は、十津川に向かって、

「十津川さんは、いろいろと、調べてきたので、私や篠原刑事に、追いついたんじゃありませんか？」

と、お世辞をいった。

「十五年前に作られた映画『北の城の花嫁』のリメイク版が、いよいよ正式に作られることになったのではありませんか？　そういう話を、新聞で読みましたよ」

十津川が、いった。

「そうなんです。最初、再映画化の話など、全く出ていなかったんです。それが、ここに来て突然、再映画化の話が出てきましてね。いったい誰が、その音頭を取っているのか、私には、よく分からないんですが、十五年前の映画のメガホンを取った入江監督などは、今度の映画も、ぜひ、自分に撮らせてほしいと、関係者のところを廻って、声を掛けているみたいですよ」

黒木が、笑顔になっている。

「私が知りたいのは、映画のストーリイなんですが、再映画化に当たって、ストーリイについて、いろいろな意見が出ているみたいですね」

「映画のストーリイは、知っているんですが、ここに来て、長尾藩の悲劇は、架空の話ではなくて、史的な事実だから、今回の映画を作るに際しては、事実に基づいて作ってくれという、声も出ているんです」

と、黒木が、いった。

「その話なら、私も、聞いています。たしか、十五年前に作られた『北の城の花嫁』は、事実をかなり曲げているので、今度は、歴史的事実に基づいて映画を作ってほしいという要望があることを、何かの新聞か雑誌で、読んだことがあります。たしか、実話では、これには尾張藩がからんでいて、長尾藩の若い主君、長尾重里と、重里のもとに嫁いだ琴姫が死んだ後、二人を殺したのは前田藩主だというウワサが流れ、夜な夜な、白装束を血に染めた琴姫の亡霊が現れて、そのため、前田藩の藩主は、三十歳の若さで、隠居することになってしまった。これって、本当の話なんですか？」

と、十津川が、聞いた。

「私も、何人かの郷土史家に会って、いろいろと聞いたんですが、亡霊の話は、どうやら、本当の話らしいですね」

「しかし、実話の方は、何となく暗いですね」

「そうなんですよ。これは、入江監督に、聞いたんですが、十五年前に『北の城の花嫁』を作った時にも、琴姫の亡霊の話を入れようという話があったというのです。しかし、それでは、暗くなりすぎるので、入江監督が脚本家と相談をして、実際の映画の中では、亡霊の話は、メインでは使わず、若い二人の最期を白虎隊《びゃっこたい》的に華やかに描いた、といっていました」

「もう一つ気になるのは、スポンサーの話なんですが、たしか、映画会社が製作費を出すのではなくて、別のスポンサーが、製作費を出すみたいなことを、聞きましたが」

「そうなんです。十五年前の映画化の時は、表向きには、映画会社が、製作したことになっていますが、実際には、全国的にチェーンを展開しているフード会社がスポンサーになっていて、そこの社長が、七尾の出身なので、ぜひ、長尾重里と琴姫の物語を映画にしてもらいたい。そう希望して、スポンサーになって、映画ができたんだそうです。今回も、どこかの会社が、スポンサーとしてついているはずだと思うのですが、今のところ公表されていません」

と、黒木が、いった。

「それでも、再映画化の話は進んでいるんでしょうね？」

「ええ、そうらしいですね。ぜひ自分にやらせてほしいと願っている監督や、脚本家、俳優などが、誰がスポンサーなのかを、知ろうとして、右往左往しているみたいですよ」

と、黒木が、いった。

2

翌朝、東京の日下《くさか》刑事から、十津川に電話があった。

「おはようございます。今朝の新聞をご覧になりましたか？」

と、日下が、いった。

「いや、まだ、見ていないが、何かあったのか？」

と、十津川が、聞く。

「今朝の朝刊に、こんな記事が、出ているんですよ。『古賀代議士は、現在、保守党の副幹事長をやっているが、来年の二月に行われる総裁選挙に、出馬する予定で、その結果次の保守党の総裁になるだろうという声もある。ただ、反対意見もあって、その一つは、女性関係にだらしがないというものである』そんな内容です」

と、日下が、いった。

「その記事は、信用できるのか？」

「東京で発行されている、五つの新聞のうち三紙が、古賀総裁の誕生を予想していますから、信用してもいいのではないでしょうか」

と、日下が、いった。

十津川としては、それを、どう受け取っていいのか、分からなかった。

現在、古賀代議士は、石川県の七尾で起きた殺人事件の、重要な容疑者である。そのことと、古賀代議士が、次の総理大臣になるかもしれないということが、どうつながっていくのか、それとも、どうぶつかるのか、十津川にも判断がつきかねるのである。

この日、入院していた、小賀れいらのマネージャー、坂本みずほが、退院して、金沢のホテルで、記者会見をするというので、十津川と亀井も、出かけた。その場に、関係者が集まるのではないかと、思ったからだった。

記者会見は、ホテルの広間で行われた。十津川が予想した通り、そこには、新聞記者や、テレビ局のレポーターなどが、大勢集まっていた。

もちろん、坂本みずほのために、集まったというよりも、明らかに、小賀れいらのために集まったということなのだ。

正直なもので、坂本みずほへは、質問をする記者も、少なく、簡単に済んでしまい、その後は、小賀れいらと、新聞記者や、テレビ局のアナウンサーとの一問一答になった。

記者たちが、熱心に質問したのは、小賀れいらの生い立ちのことだった。特に、彼女の両親についての質問が、集中した。

それに対して、小賀れいらは、母親のことは、よく知っていた。アメリカにいた頃、母親、宇野喜代子と一緒に住んでいたので、よく、分かっていたが、父親のことは、分からない。母親も、父親のことについては、何も、話してくれなかったので、アメリカにいる頃は、父親は、すでに、亡くなっているものと思っていたと、答えていた。

十津川は、先日小賀れいらから聞いた、養父母の話は、母親、宇野喜代子のことを詳しく聞かれたくないから、あの場でつくったのだろう、と思った。

中には、はっきりと、小賀れいらと古賀代議士との関係を、質問する記者もいた。

それに対して、小賀れいらは、

「先ほども申し上げたように、私は昔から、自分の父親は、すでに、亡くなっているものと思っていましたので、今でも、そう思っています」

としか、答えず、自分の父親が、古賀代議士かについては、そうだとも、違うともいわなかった。多分、誰かに、そう答えるようにいわれているのだろう。

なぜか、記者のほうも、小賀れいらの答えで満足したのか、それ以上、古賀代議士については、質問してこなかった。

その代わりのように、十五年前の映画のリメイク版の製作が、正式に決まったという発表が、その場でされた。

映画会社の製作ということになっているが、スポンサーは十五年前の映画と同じように、ジャパンフーズで、担当するのは副社長、小野寺愛子《あいこ》だと発表された。発表したのは、小野寺愛子本人だった。

どうして社長ではなく、副社長の小野寺愛子なのかと、質問した記者がいた。

それに対して、小野寺愛子本人が、こう答えた。

「社長の小野寺は、現在、ジャパンフーズの海外展開のため、日本を留守にすることが多いので、映画のほうは、副社長の私、小野寺愛子が、担当することになりました。ジャパンフーズとしては、十五年前の、あの立派な第一作に負けないような映画を作りたいと思っております。しかし、映画製作の、専門的なことは、全て、映画会社に一任して、私のほうは、口を出さないようにしようと、決めています」

小野寺愛子は、指で口にチャックをするような仕草をして、集まった人たちを笑わせた。

しかし、主役は、宇野喜代子の娘、小賀れいらを予定しているが、そのほかの配役や、脚本家、監督は、まだ、決まっていないことも発表された。

これで、監督や脚本家は、どうなるのか、主役の小賀れいら以外の配役は、誰がなるのかで、売り込みが激しくなるだろうと、十津川は予想した。

映画には金がかかる。そのせいで、映画のスポンサーになるものが少なくて、大作と呼ばれる映画がなかなかできない。そのため、スポンサーがついたとなると、監督や、脚本家や俳優たちが争って、スポンサーに自分を売り込むのだという話を、十津川は、聞いていたからである。

そして、監督を誰にするか、小賀れいら以外の配役を誰にするか、脚本家を誰にするのかといった細かいことは、第一作を作った映画会社の社長と、スポンサーとなった、ジャパンフーズの副社長、小野寺愛子の二人が、相談して決定すると発表した。

小野寺愛子は、東京から、京都にある別荘に移って、いろいろな人の意見を、聞くことにする。映画会社の社長も、京都の本宅に、移ることにしたという。

その結果、全てが、金沢から、京都に移っていくだろうと、誰もが、予想した。もちろん、十津川もである。

黒木は、すばやく若い編集者を連れて、京都のホテルに入った。

ただ、石川県警の篠原刑事は、七尾で起きた殺人事件の捜査が、あるので、簡単には金沢から京都に行くわけにはいかなかった。

十津川と亀井は、翌日金沢から京都に移動することにした。この後、事件が、どう動くかは分からないが、動くとすれば、京都でだろうと思ったからである。

石川県警の篠原刑事に、京都に移動する旨を、告げると、篠原は、口惜しそうに、

「私も、できれば、すぐにでも、京都に行きたいのですが、そういうわけにも、行きません。七尾で起きた殺人事件の捜査は、石川県警の責任ですから、金沢と七尾にいて、その捜査を、続けなければなりません。もし、十津川さんが、京都に行かれて、何か分かったり、事件が動いたら、すぐ連絡してください。私自身、京都のほうが気になって仕方がないのです」

と、いった。

3

京都では、すでに静かな戦いが始まっていた。

スポンサーになったジャパンフーズの副社長、小野寺愛子は、嵯峨野《さがの》の別荘に入った。そのため、今回の映画を、やらせてほしいという監督、脚本家、あるいは、俳優たちが、嵯峨野参りを始めたのだ。

その連中に対して、小野寺愛子は、

「私は、お金を出すだけで、口は出しません。映画の内容や、そのほかのことに関しても分かりませんので、映画会社の社長さんに相談してください」

と、同じことをいっているという。

そのため、今度は、映画会社の社長の家に押しかけていった。

黒木が、その有り様を、報告してくれた。

「今回スポンサーになったジャパンフーズは、二十億円以上は出すといっています。大変ですよ。映画界にしてみれば、久しぶりの大作になりますからね。その大作に、何とかして出たいという俳優は何人もいますし、脚本《ほん》を書きたいとか、監督をしたいという人たちも、大勢いて、嵯峨野の小野寺愛子の別荘に、押しかけたり、京都市街の映画会社の社長の家に押し寄せたりして、大変な騒ぎになっていますよ。有名俳優や監督の名前も出ています。つまり、それだけ、最近は大作と呼ばれる映画が少なくなっているんです。ですから、スポンサーがついたとか、お金が出るとかなると、監督希望や脚本家希望、あるいは、俳優希望の人たちが、どっと、押し寄せてくるんです。中には、ライバルの悪口をいって、蹴落とそうとする人間までいるようですからね。本当に大さわぎです」

黒木は、話の終わりに、

「ところで、古賀代議士のほうは、どうしていますか？　警察は、古賀代議士のことも、一応は、調べているのでしょう？」

と、聞いた。

「ええ、調べていますよ」

「政治家、それも、古賀副幹事長のような大物ともなると、調べるのも大変なんでしょうね」

と、黒木が、いうと、十津川は、笑いながら、

「大丈夫ですよ。大先生を、怒らせないように気をつけながら、そっと、捜査をしていますから」

しかし、問題はあった。

現在は、政治の季節と呼ぶほど、政界の動きが、激しいのである。そうした政界の動きそのものに対しては、十津川たちは、捜査が、難しい。古賀を連行して訊問することなどできる話ではない。

できるのは、もっぱら、古賀と、小賀れいらの関係を、調べることぐらいなのだが、今のところ、それさえなかなか明らかになってこないのである。小賀れいらが、生まれてすぐアメリカに行き、育ったこともあって、分からないことが、多すぎるのだ。

黒木は、そのあと、

「金沢では、三村修という東京の私立探偵が出てきました。古賀代議士の秘書と話をしていたところを見ると、何か、企んでいると思うのですが、警察も、この男をマークしてい

るんですか？」

と、聞いた。

「もちろんマークしていますが、今のところ古賀代議士と直接の関係は、見つかりません。もっぱら古賀代議士の、加藤秘書と、三村修が、何かを考えていることだけは、想像がつきますが」

「そうすると、調べるのは、いろいろと大変ですね」

と、黒木が、いった。

十津川が、笑って、

「いや、その点でしたら大丈夫ですよ。以前、警視庁にいて、私の下で働いていた元刑事が、今、東京で、私立探偵をやっています。彼に頼んで、三村修のことを調べて貰っていますから、何かあれば、すぐに、こちらに、知らせてくれることになっています」

「そうですか。それなら、たしかに、安心ですね。その私立探偵から十津川さんに、何か連絡があったら、私にも教えてください」

と、黒木が、いった。

それに対して、十津川は、何も、返事をしなかった。

4

十津川は、東京で、私立探偵をやっている橋本豊《はしもとゆたか》に、京都に来てもらった。元は警視庁捜査一課の刑事で、十津川の部下だったが、現在は、警視庁を辞め、民間人として私立探偵を、やっている。

そう考えれば、勝手に、仕事を頼んだりはできない。

十津川は、橋本に向かって、

「一か月間、君を、雇いたいと思っている。もちろん、そのための料金や、そのほかの経費は、全て私の、ポケットマネーで払う。だから、遠慮なく、経費を私に請求してくれ」

と、話してから、十津川は、三村修の写真を見せた。

「この男を、知っているか？」

「ええ、知っていますよ。同業者で、東京で、私立探偵をやっている男です。名前は、三村修です」

「どんな男なんだ？」

「そうですね。私が知っている三村修という男は仕事熱心で、どんな小さなことでも仕事となれば、真面目《まじめ》に、取り組む男ですよ。ただし、かなりの野心家ですから、仕事上で知った客の秘密、特に相手が、資産家だったり、政治家だったりすると、その秘密をネタに、自分を売り込もうとすることがあるので、この世界では、要注意人物になっています」

と、橋本が、いった。

「この男が、金沢で、古賀代議士の加藤秘書と会って、何やら、話をしていたんだ。どうやら、この私立探偵は、現在、古賀代議士に、雇われて動いているらしいのだ」

十津川が、いうと、橋本が、ニッコリして、

「そうなると、問題は、古賀代議士と小賀れいらの、関係ということに、なってきますね」

「たぶん、そうなるだろうね」

十津川が、肯く。

「しかし、新聞なんかで、古賀代議士は、小賀れいらとの関係を隠すというか、彼女の父親であるということを、否定していますよね。古賀代議士は、別に犯罪を犯しているわけでもないし、十年以上も前の話ですよ。逆に、小賀れいらとの親子関係を認めれば、かえって古賀代議士の人間性が認められて人気も上がるんじゃないですかね？」

と、橋本が、いった。

「私も、そう思うよ。だからこそ、古賀副幹事長には、このことを、絶対に隠し通さなくてはならない、何か別の問題があるような気がしてくるんだ」

十津川が、いった。

「そうですね。十五年ぶりの、父と娘との出会いということなら、心あたたまるいい話です。ただ母親の方は、七尾で殺されているんでしたね。そちらの話題は、やはり、政治家としてはマイナスになると考えているのかもしれませんね」

と、橋本が、いった。

「それで、君にたのみたいのは、私立探偵の三村修が、いったい何をやろうとしているのか、彼が今、何を考えているのか、それを、調べて報告してほしいのだ。もちろん、三村修を、尾行する必要がある時は、タクシーでもレンタカーでも、何でも使って構わない。そのための経費や実費などは、全て、遠慮なく、私に請求してくれ」

と、十津川が、いった。

橋本は、十津川の依頼を引き受けて、しばらく、京都にいることになった。

一方、映画製作に対する売り込み合戦は、激しさを増していった。

映画会社の渡辺社長の家は、清水寺の近くにあった。

最初の映画を撮った入江監督が、渡辺邸に入るのを見たという声もあるし、若い新人監督が、渡辺邸から出てくるのを見たという声も聞こえてくる。

脚本家や、俳優についても、同じような話が十津川の耳にも聞こえてきた。

それでも、なかなか決まらないようなのだが、ここにきて、新作の「北の城の花嫁」のストーリイについての論争が、始まったのである。

論争の舞台は、「京都望見」という古い雑誌だった。

意見は、大ざっぱに見て、二つに分かれていた。

映画は、娯楽だから、楽しい方がいい。それに、観光客を誘致する一助にするというのなら、明るく楽しくなくては困る。従って、そのために、史実通りに作る必要はないだろうと主張するグループ。

それに対するのは、今は、面白ければいいという時代ではない。娯楽映画でも、リアリティが要求される時代である。映画を見て歴史を学びたいと思う人間もいる。従って、映画といえども、嘘は許されないというグループである。

十津川は、後者のストーリイには、血まみれの白装束の琴姫が幽霊として出てくるから、どうしても陰惨になる。従って、前者のストーリイで、映画が作られるだろうと、思っていた。

しかし、なぜか、後者のストーリイで映画が作られることに決まったのである。

それに合わせるように、脚本《ほん》を書く脚本家も決まり、監督は十五年前の入江洋一郎ではなく、若手の堀内勇人《ほりうちゆうと》と決まった。

(少しばかり、奇妙な決まり方だな)

と、十津川は思い、亀井と黒木に、話を聞くことにした。

黒木は、メモ用紙を、十津川に見せて、

「そこに、脚本に必ず入れる歴史的事実が箇条書きになっています」

といった。

確かに、そこには、次のように書かれていた。

一　長尾藩は、九千石の小藩である。

一　二万石の前田藩の圧力を常に受けていた。

一　長尾藩の当主、長尾重里は、前田藩の横暴さに腹を立てていた。

一　琴姫は、雄藩尾張藩の当主と、商家の娘の間に生まれている。

一　琴姫は八歳の時、尾張藩が養女にせよと、前田藩に押しつけた。

一　処置に困った前田藩は、十五歳になった琴姫を長尾藩の若き当主、長尾重里と見合いさせた。小藩の長尾藩としては、断ることができないものだった。

一　しかし、長尾重里は、十五歳の琴姫を愛した。

一　前田藩は、この婚姻に冷酷な罠を仕掛けていた。一年後、琴姫が義父にあたる前田藩主に、手紙を送り、長尾重里が、秘かに前田藩主の暗殺を計画していると、書いたというのである。長尾重里も琴姫も否定したが、前田藩は、長尾重里に対して琴姫の殺害と重里の隠居、長尾城の明け渡しを要求した。

一　重里は、いずれも拒否して、長尾城に立て籠もった。

一　前田藩は、長尾重里の反乱として、軍勢を進めて長尾城を包囲した。
一　長尾重里もよく戦ったが、衆寡《しゅうか》敵せず。自刃した。琴姫も白装束でなぎなたをふるって戦い、その美しさに、敵味方とも目を見張ったといわれるが、夫重里の死を知って、喉を掻き切って自害した。真っ赤な血が飛び散って凄惨そのものだったといわれる。
一　その後、琴姫の凄惨な亡霊が前田藩主の枕元に現れ、一か月後、藩主前田晴定《はるさだ》は、隠居したが、その七日後、首を吊って、自殺した。前田藩史によれば、「藩主晴定は狂い死にした由《よし》」とある。

「これを全部生かした脚本が書かれるんですか？」

と、十津川がきいた。

「脚本家の工藤《くどう》さんは、そういっています」

「しかし、この条項はいったい誰が作ったんですか？」

「それが、わからないのです」

「わからないっていっても、誰かが作ったんでしょう？　サインは、ありませんが」

「誰に聞いても、わからないというんですよ。脚本家の工藤さんは、京都市内の日本旅館で脚本を書いているそうなんですが、どうしても上手くいかずに悩んでいて、つい、疲れて眠ってしまったが、眼を覚ましたら、机の上にこの箇条書きがのっていたというんです。しかし、誰も知らないといい、素晴らしい条項だから、これを参考にして、脚本を書いてくれといわれたそうです」

「しかし、誰が書いたかわからない？」

「みんなが、そういっています」

「これは史実に合っているんですか？」

「郷土史家の皆さんは、一致しているといっています。だから、反対者がいないんでしょうね」

と黒木が、いう。

「これ、パソコンで打たれていますね。現場にあるパソコンを調べれば、誰が書いたか、わかるんじゃありませんか？」

と、亀井がきいた。

「現場には、十八台のパソコンがありますが、誰もが、自由に使えますから、これを書いた人間を特定するのは、難しいと思いますね。とにかく、これを参考にして、工藤さんは脚本を書いていくことになっています」

「しかし、これだと、少しばかり陰惨な映画になってしまうんじゃありませんか？　そんな心配はないんですか？」

と、十津川がきいた。

「私も、そんな心配を持っているんですが、とにかく、史実に忠実にということで、反対の声は聞こえてきませんね」

「スポンサーの小野寺愛子は、どんな意見なんですか？　女性だから、何か意見があるんじゃありませんかね」

「しかし、スポンサーは、金は出すが、口は出さないといっていますから」

「それでも、スポンサーなんだから、あまりにも暗いストーリイだったら、もっと明るくしてくれぐらいのことは、いうんじゃないんですか？」

「いや。小野寺愛子が反対だという話は、全く聞こえてきませんね」

と、黒木は、いう。

「監督は、前の入江洋一郎ではなく、若い人でしたね。彼は、どうなんですか？　このメモに従っての脚本作りに、反対はしていないんですか？」

と、十津川はきいた。

「私も、新監督に会って、その点を聞いてみました」

「どんな反応があったんですか？」

「この監督が、前に作った映画が、前衛的なものなので、ひょっとすると、歴史に忠実なストーリイなんかには、反対だろうと思ったんですが意外でした。例の箇条書きに賛成で、忠実に、作りたいというんです」

「なぜ、賛成なんですかね？　黒木さんは反対すると思ったんでしょう？」

「前作が、前衛的でしたから」

「どうして、そんな監督が、歴史に縛られるようなストーリイに賛成なんですかね？」

「そうですねえ」

と、黒木は少し考えていたが、

「彼が最後の映画を撮ったのは、今から五年前なんです。つまり、五年間、映画の仕事が無かったということです」

「しかし、才能がある人物なんでしょう？」

「そうです。才能については誰もが認めています。しかし、客が入らない。だから、仕事が来ない。五年間、映画を撮っていないのはそのせいです」

「なるほどね。それで、妥協する知慧を身につけたということですか？」

と、亀井が、いった。

「昔の彼は、若手のホープで、妥協しないので有名だったそうです。しかし、五年も仕事が無いのは、応《こた》えたんだと思います。映画をつくらない映画人は、存在しないのと同じですからね」

「一番知りたいのは、いったい誰が、今回の映画製作について、力を持っているのか。誰がストーリイや、主題を決めているのかということなんですよ。それにもう一つ、誰が何のために、そうしているのか、ということです」

と、十津川が、いった。

「普通に考えれば、製作費を出すスポンサーですね」

「しかし、スポンサーの小野寺愛子は、金を出すが、口は出さないといってるんでしょう？」

「最近では、珍しい存在ですよ。二十億円も出しているのに、口も出さないというのは」

と、黒木が、いった。

「それでは、映画会社の渡辺社長ですか？　一応、製作について、スポンサーの小野寺氏は、渡辺社長に委《ゆだ》ねているわけでしょう？」

「形としては、そうなっているので、新監督や、脚本家などは、京都の渡辺社長邸に集まって、会議を開いています」

「それなら、金はジャパンフーズが出し、製作は渡辺社長が責任を持っているということなんじゃないですか？」

と、十津川がいう。

「ところが、この会議に出席した助監督候補の一人に聞いたんですが、渡辺社長は会議の時、自分の手帳を見ながら話しているそうだし、難しい話になると、即答はせず、翌日になって答えるというのです。誰かと相談してから、返事をするみたいだといっていました」

「渡辺社長というのは、父親を継いでS映画の社長を長くやっている人ですよね？」

「そうです。十五年前に『北の城の花嫁』を撮った時の、S映画の社長の息子です」

「そんな社長が、今回は自分で決められずに、いちいち、誰かに相談しているんですか？」

「助監督候補は、そういっています」

「その助監督だが、まだ、候補なんですか？」

と、亀井が、首をかしげた。

「いや、いちおう、三人の助監督も、だいたい決まっていて、制作会議にも出席しているというんですが、渡辺社長が万事、決断がおそいので、まだ、正式には、助監督候補なんだそうですよ」

と、いって黒木は笑った。

「主役の琴姫は、小賀れいらで決まっているようですが、他の配役はどうなっているんですかね？」

「まだ、殆ど決まっていないみたいですね。売り込みの方は、活発で、渡辺社長の家には、自薦他薦の俳優の写真があふれているみたいです」

「配役を決めるのは、渡辺社長なんですか？」

「それも、はっきりしないみたいですね。渡辺社長が決めるのなら、すでに主な配役は決まっていると思うのですが、なぜかこれも遅れていますね」

と、黒木は、いった。

(何か、おかしい)

と、十津川は、重ねて、首をかしげていた。

そんな時、鴨川の河原で、男の死体が発見された。

東京で私立探偵をやっていた三村修だった。

第六章　政治家たち

1

十津川は、雑誌編集者の黒木、七尾署の篠原刑事、それに私立探偵の橋本の三人と、話し合う場を持つことにした。

「今、『北の城の花嫁』の再映画化を中心にして、何か大きな力が動いているような気がするのです。昨日、私立探偵の三村修の死体が、発見されましたが、この事件も、その大きな力のせいだと、私は思っているのです」

十津川が、まず、口火を切った。

場所は、京都のホテル内の個室である。

「三村修は、古賀代議士の加藤秘書が雇ったことは、まず、間違いありません」

と、すかさず、橋本がいった。

「三村修を、何のために、加藤秘書が雇ったかわかりますか？」

と、黒木が、きく。

「細かいことはわかりませんが、古賀代議士の娘だといわれている小賀れいらのことでしょうね。彼女が、日本にやってきた理由と、父親の古賀代議士に何を要求するかを、調べようとしていたと思います」

と、橋本。

「私も、多分、そんなことだろうと思います」

と、篠原刑事が、口を挟んで、

「私は、十津川警部のいわれた大きな力のことを、考えてみたいのです。私立探偵の死は、この大きな力が巻き起こした余波にすぎないと、思うからです。現在、京都から七尾にわたって、大きな問題になっているのは、『北の城の花嫁』の再映画化のことで、今、これ以上の話題は、ありません」

「しかし、単なる再映画化の話ではないような気がしますね」

と、十津川がいった。

「同感です」

と、肯いたのは、黒木だった。

彼は、最初は、北陸を走る観光列車「花嫁のれん」の取材のつもりで、若い編集者の鬼名綾乃を連れて、やってきたのである。従って、「花嫁のれん」の取材が済んだら、すぐ、帰京するつもりだったのだ。

ところが、七尾での凄惨な宇野喜代子の死にぶつかってしまったのである。

しかも、これは、殺人で、有力な政治家が関係しているらしいと聞いて、気持ちが動いた。特ダネ意識である。

前々から、黒木は、小さな雑誌の編集者で終わる気はない。特ダネをつかんで、それを土産に、大新聞の記者になるのが願いだった。

だから、黒木は、七尾に残り、この殺人事件を追いかけることにしたのである。

こうして、十津川たちとの会議に出席していたのだが、その間も、鬼名綾乃に、小賀れいらたちを、追いかけさせていた。

「それで、再映画化の件ですが、今日も、監督を希望しながら、拒否されてしまった入江洋一郎に話を聞きに行きました。彼は、久しぶりの大作になるので、売り込みの激しさは、当然だといっていましたが、歴史に忠実な脚本《ほん》を作れと規制されているのは、おかしいといっています。それでは、面白い映画には絶対にならないだろうといっていますね」

「問題は、誰が、何のために、あんな厳しい条件をつけたのか、ということですよ」

と、十津川が、いった。

十津川がそれを知りたいのは、映画のためではなかった。どこかで、殺人事件と、関係があると思うからだった。

同じ思いの篠原刑事が、自分の考えを、いった。

「この件は、七尾で起きた殺人事件と、何らかの関係があるかも知れないと考えて、徹底的に調べました。『京都望見』という雑誌があって、その誌上で、歴史派と娯楽派の論争が始まったのが最初だったといわれています。雑誌の上での論争ですから、映画には、関係ないだろうと思われていたんですが、歴史派の考えで映画化が行われると突然決まって、脚本家の工藤が書き始めたのです。しかし、この工藤の話では、上から指示があったので、自分が決めたわけではないというのです」

「他に、何かわかりましたか？」

「今回の再映画化に、資金二十億円を出したのは、ジャパンフーズの小野寺社長で、プロデューサーは、S映画の渡辺社長ということになっています。どんな映画にするか、を決める上で、決定権を持つのはこの二人の筈です。そこで、この二人に聞いてきました。まず、スポンサーに聞きに行くと、窓口になっている小野寺愛子副社長は『金は出すが、口は出さない』といい、この考えは今もゆるがない、というのです。もう一人の渡辺社長ですが、どうも、この渡辺は誰かの指示で動いているように思えるのです」

「つまり、脚本について、指示しているのが誰かは、わからないということですね？」

「そうです」

「不思議な話ですね？」

「その通りです」

「二人が、嘘をついているとは、考えられませんか？」

「私の眼には、二人とも、正直に答えてくれたと、見えましたね」

「昔、日本の軍隊に、上意下達《じょういかたつ》という言葉がありました」

「どんな意味ですか？」

「命令は、必ず、上から下に向かって行われ、下は、それに対して異議を唱えず、命令に従うというもので、日本の軍隊では、それが守られて来ました」

「しかし、現代では、通用しませんね」

「そうありたいと思いますが、今も一部では、上意下達が生きているのではないかと、考えています」

と、十津川が、いった。

「それが、今度の事件でも、生きているということですか？」

篠原刑事がきく。

「『北の城の花嫁』の再映画化について、スポンサーの小野寺愛子は、金は出すが、口は出さないといい、映画全般を管理する渡辺社長も、自分は、一切口を出さないという。また、脚本を担当する工藤も、誰から指示されて仕事をしているのか、はっきりしないと証言しています。不思議ですよ。全員が勝手に動いているのか？　しかし、二十億円もの大きな仕事で、そんなことは考えられません。それで、私は逆に、誰かから、強い指示が出ていて、全員が、それに従っているのではないかと、考えるのです。上意下達です」

と、十津川がいった。

「それは、誰ですか？　一番考えられるのは、スポンサーの小野寺社長だと思いますが、それなら、当たり前ですね」

「他の人間だと思いますね」

「そんな人間がいますか？」

「古賀代議士です」

と、十津川はいった。

「確かに、古賀代議士は、与党の中の大物ですが、映画の世界に力を持っているとは、思えませんが」

と、黒木が、首をかしげた。

「私にも、そう見えますが、スポンサーの本業は、ジャパンフーズというチェーン店の方でしょう。この世界は、競争が激しく、新しく出店するに際しては、厳しい規制をかけようとしています。この世界は、政治家の力の世界です。その点について、われわれ警察は、古賀代議士の件は、あまり深入りするなと上から指示されています。勘ぐれば、何かあるということです。そこで、この点については、橋本豊が、個人的に調べているので、彼から報告して貰います」

十津川が、いい、橋本が、手帳を広げて口を開いた。

「ジャパンフーズは、この世界では、現在第二位で、コスモフードと、首位を争っています。日本全国の支店の数も、拮抗《きっこう》していますが、乱立気味なので、政府は、支店の数について、規制をする方針だといわれています。それが、どんな法律になるか、まだわかっていませんので、その内容について、ジャパンフーズ側も、コスモフード側も、必死で、探りを入れ、その法律にふさわしい店の内容を作ろうとしています。古賀代議士は、与党の中で、最大派閥のリーダー鈴木現幹事長が、年齢から、引退がささやかれていて、その後は、古賀代議士の名前が有力です。その古賀代議士は、ジャパンフーズの小野寺社長と、古くからの友人といわれています。奥さん同士も親しいようです。ですから、再映画化について、古賀代議士から要求があれば、小野寺社長がそれを受け入れることは、間違いないと思います」

と、橋本は、説明した。

「今の橋本さんの話が事実だとしてですが、古賀代議士は、どんな要求をしたんでしょうか？」

黒木が、当然の疑問を、口にした。

「『北の城の花嫁』の再映画化に、金を出してくれと、古賀代議士がジャパンフーズの社長に頼んだことも考えられますね」

と、篠原刑事がいう。

「実の娘の小賀れいらのためにですか？」

「彼女が亡くなった母のために、母が主演した映画の再映画化を望んでいたとすれば、父親の古賀代議士がそれを、ジャパンフーズに頼んだことは、十分に考えられますよ」

「しかし、脚本を前作とは大きく変えていますが、あれも、古賀代議士の要求ですかね？それとも、小賀れいらの希望なのか。その理由も知りたいですね」

と、黒木が、いった。

「問題はそこでしょうね」

と、十津川もいった。

映画製作について、力を持つ人間として、三人の名前があがってきた。

古賀代議士

ジャパンフーズの小野寺社長

宇野喜代子の娘　小賀れいら

この三人である。

しかし、映画のストーリイは、変えられた。

変えたのは、誰で、どんな意味があるのか？

黒木が、その場で、映画評論家二人に電話をかけて、再映画化について、聞いた。

全く同じストーリイか、ストーリイを大きく変えた方のどちらが評判になり、客を呼べるかと質問した。

二人の評論家の答えは同じだった。

同じストーリイの方が、客が入るだろう。前作を見た人も、懐かしがって見るだろうし、前作の主役を務めた女優の娘が、今回、主役を務めるのなら、なおさら、ストーリイを変えない方がいいと、いった。

（しかし、三人の誰かが、ストーリイを変える要求を出し、他の二人はその要求を受け入れたのだ）

と、十津川は思った。

「誰にきいたら、答えが見つかりますかね？」

と、黒木がきく。

「私が、雑誌『京都望見』の編集者に会ってみます。実際の歴史に合わせろと、強調したのは、この雑誌ですから」

と、篠原がいった。

黒木と橋本は、小賀れいらの様子を調べると、いった。

十津川は、いったん東京に帰ることにした。

東京で、この事件の影響がどう出ているか、知りたかったからである。

2

亀井と、東京に帰る新幹線の中で、早くも変化が生まれた。

車内の電光掲示板に、

「与党の鈴木幹事長が、入院先のN病院で、本日午前七時二十分亡くなりました。七十九歳でした」

と、出たのである。

一時間後に、続報が掲示された。

「鈴木幹事長の死去に伴い、同じ派閥の古賀代議士が、新幹事長に決まりました。古賀新幹事長は六十二歳。これで、次期総裁、次期総理の有力候補になってきました」

これが、その電光掲示板が示したニュースだった。

「これで何かわかってくるかも知れませんね」

と亀井がいった。

「しかし、三上刑事部長は、ますます、古賀代議士に近づくなというだろうな」

十津川が笑った。

列車が中間を過ぎたところで、十津川は、中央新聞の田島《たじま》記者に電話した。

「今、東京に向かう新幹線の中なんだが、古賀代議士が、新しい幹事長になったと、車内の電光ニュースで知った。東京では、このニュースは、どんな大きさなんだ？」

「これで、古賀さんが、次の総裁選の有力候補になったといわれている」

と、田島がいう。

「古賀新幹事長の欠点は、どんなことだね」

「女性だな。若い時から、女性問題を起こしているからね」

「やっぱりね」

「それから、来週、新幹事長は、地方振興相と、金沢に行くことになっている。北陸地方の振興問題でだ」

「しかし、幹事長は関係ないんじゃないか？」

「実際には、幹事長になったことへのお礼だよ。彼は、金沢が選挙区だからね」

と、田島がいう。

「それは、知らなかったな。北陸の方だということは、知っていたが。それで、古賀新幹事長は、何日、金沢に滞在するんだ？」

「金沢は二日。その間、石川県内、特に七尾に行くのが楽しみだと話している」

「七尾にか。なぜ、七尾なんだ？」

「古賀新幹事長は、隠れた鉄道ファンでね。金沢から、七尾に行く観光列車があるだろう」

「正確には、七尾を通って、和倉温泉に行く列車だ」

「その列車に、関心があるらしい。花嫁列車だよ」

「それも、正しくは『花嫁のれん』だ」

「そうか。その列車に乗りたいといっていた」

と、田島は、繰り返した。

車内販売が来たので、二人の刑事は、コーヒーを頼んだ。

「何となく、怪しい雲行きになってきたよ」

と、十津川は、田島の言葉を亀井に伝えた。

「しかし、北陸地方の振興は、担当大臣の仕事でしょう？」

「そうだよ。だが、古賀新幹事長も、同行する。理由は、金沢が選挙区だということらしい」

「わかったような、わからない話ですね」

「七尾にも行く。観光列車『花嫁のれん』に乗るかも知れない。こちらは、昔からの鉄道ファンだということらしい」

「本当ですか？」

「鉄道ファンというのは、本当らしい」

「それだけで、金沢に行ったり、『花嫁のれん』に乗りたいといってるんですかね？」

「東京に着いたら、その辺のことも調べてみよう」

と十津川はいった。

夜に入って、東京着。

三上刑事部長に報告すると、案の定、三上が釘を刺してきた。

「古賀先生は、今回、幹事長になられた。その上、次期総裁の有力候補だといわれている。つまり、総理大臣になる方だよ。刑事がその周辺を、うろちょろしては、お邪魔になるだけだ。そのことを、考えることだ」

「わかっています」

と、十津川は、逆らわずに、肯いた。

その夜、金沢の篠原刑事や、橋本から電話があった。黒木からも、である。

いずれも、古賀代議士が幹事長になったことを受けての電話だった。

古賀が、何の用で金沢へ来るのかわからない。が、何か起きるかも知れない、というのである。

十津川にも、まだ、その答えが見つかっていない。

そこで、翌日、十津川は、ひとりで田島に会いに、中央新聞社を訪ねていった。刑事としてではなく、ひとりの友人にならば、正直に話してくれると思ったからである。

新聞社内のカフェで会った。

「昨日話した古賀新幹事長の件だが、金沢へ行くのは、前々から予定に入っていたのかね？　それとも、幹事長になって、急に行くことになったんだろうか？」

と単刀直入にきいた。

「金沢へ行くことは、前から決めてあったらしいんだ。それが、幹事長になって、逆に行けなくなったんだが、それでも、行くことにしたというんだ。だから、地方振興相と一緒という、いわゆる形を作ったんだよ」

と、田島が教えてくれた。

「そうか。前々から、行くことになっていたのか。『花嫁のれん』に乗りたいというのも、前からの希望だったのだな」

「そう言っていた」

と肯いてから、田島は、

「そうか。君が金沢や七尾に関心を持つのは、殺人事件があったからだな。確か、殺されたのは、昔女優だった女で再映画化が話題になっているやつだ」

「マスコミも関心があるのか？」

「当たり前だろう。しかし、今のところ、うちの社は、政治が絡んでいるとは考えていないよ」

と、田島はいった。

「じゃあ、金沢には行かないのか？」

「ただ、新幹事長が行く時になったら、行くことになるかも知れない。新幹事長の動向は、一応マークする必要があるからね」

と、田島は、いうのだ。

「他の新聞社も、新幹事長について、金沢へ行くんだろうか？」

「そりゃあ行くだろう。新幹事長だし、将来の総理大臣だからね」

「しかし、君は、金沢や七尾で起きた事件は、政治がらみじゃないと思っているんだろう?」

「今のところは、だよ」

と、いって、田島は、笑った。

「古賀幹事長の金沢行きの正確な日時は、いつなのか、わからないか?」

「二日後の午前中の北陸新幹線で、金沢に向かうことは、わかっている。地方振興相も一緒だ。向こうに二日いる予定だが、何処を訪ねるかは、未定だ」

「観光列車『花嫁のれん』には乗るのか?」

「秘書に聞いたら、古賀幹事長は、今も乗りたいといっているそうだ。ただ、小さな列車だから、警備をどうするかが、問題らしい。現地へ行ってから、決めるんだろう」

と、田島は、いった。

十津川は、亀井を連れて、もう一度、金沢へ行くことを決めた。

向こうで、事件が起こりそうな気がしたからである。亀井一人しか連れて行かないことにしたのは、金沢や七尾で事件があれば、現地の県警の仕事だからである。

翌日、十津川たちは、新幹線で金沢に向かった。

金沢では、前と同じホテルに入った。

午後になると、篠原刑事が、やってきたが、石川県警の刑事だから、当然、古賀幹事長と、地方振興相がやってくることは、知っていた。

「地方振興相の方は、来る理由がわかるんですが、古賀幹事長の方がわかりませんね。金沢が選挙区なことは、知っていますが、近いうちに選挙があるという話も聞いていませんから」

「幹事長になれたのは、金沢や、北陸の後援者のおかげということで、改めて、報告に来たいということなんだろうと思いますよ」

「それに、『花嫁のれん』に乗るという希望も持っているという話ですが」

「若い時からの鉄道ファンだそうです。それで観光列車に、乗ってみたいということらしいです」

「本当に、それだけですかね？」

と、篠原刑事がいうので、十津川は、つい笑ってしまった。

「誰もが、疑いますね」

「当然でしょう。宇野喜代子のことがありますから」

「しかし、宇野喜代子は列車の中で殺されたわけではなくて、殺されたのは、七尾の寺の中です。それでも、古賀幹事長が、列車に乗りたがる理由は、何ですかね？」

「本人に聞いてみたいですね」

今度は、篠原刑事が、笑った。

篠原刑事が帰って、今度は、黒木と橋本がやってきた。

二人とは、亀井も混じえて、ホテル内で、夕食になった。

まず、橋本が、自分と同業の三村修の死について、話した。

「三村修も、私と同じで、個人で私立探偵をやっていました。日本の場合、よく私立探偵は、インテリヤクザといわれますが、複雑な経歴の人間が多いのも事実です。三村も、国立大を出て、一流企業に就職、二十七歳の時、結婚、絵に描いたようなエリート人生だったのに、三十歳の時、突然会社を馘《くび》になり、離婚もしています。三十歳過ぎて、事務系の仕事はありませんから、誰でも出来る私立探偵になった。会社を馘になった理由は、わかりませんが、使い込みだろうといわれています。頭もいいが、ちょっと危険な人間だという印象を受けていました。事務所は、三軒茶屋にあって、受付の女性と二人だけですが、彼女の証言によると、古賀代議士の加藤秘書が直接やってきて、仕事を依頼したようです。仕事の内容は、わからないが、三村はご機嫌で、上手くいけば、君にもボーナスをあげられるといっていたそうです。金沢に、三日ばかり行ってくると言い残して出かけたといいます」

「他には、何かわかったか？」

　と、十津川がきいた。

「三村は、大学時代、ボクシングをやっていたんですが、今回の仕事を引き受けた後、受付の女性に、ボクシングのポーズを取りながら、『これが、役に立つぞ』といって、ニヤニヤしていたそうです」

「三村修を雇った加藤秘書については、私が電話で問い合わせた」

　と、十津川がいった。

「三村修を雇ったことを認めましたか？」

　橋本が、きく。

「殺人事件だからね、それに金沢市内で、二人が会っているのを見られているからね。私立探偵の三村修を雇ったことは、認めたよ。ただし、自分が個人的に雇ったので、古賀代議士は無関係だと主張している」

「嘘ですね。雇ったのは、古賀代議士ですよ」

　と、橋本がいう。

　十津川は、笑って、

「そんなことは、わかってるが、加藤秘書が、ひとりで、やってきて、三村探偵を雇ったんだろう？　古賀代議士が雇い主だと証明するのは難しいよ」

「それでは、加藤秘書は、何のために、雇ったといっているんですか？」

「個人的なことなので、といって、教えようとしなかった」

「逃げましたか」

「犯人が、捕まれば、自然にわかってくることだよ」

と、十津川は、いった。

最後は、黒木だった。

「私は、もっぱら、映画関係者に、話を聞いて廻りました」

と、黒木が言う。

「一番知りたかったのは、いったい誰が、再映画化の権限を持っているのか、ということだったんです」

「私も、それを知りたいと思っていましたよ」

と、十津川が応じて、黒木を促した。

「普通なら、二十億円を出すというジャパンフーズの小野寺社長が全てにわたって、権限を持っている筈です。今回の場合は、二十億円を出すパトロンが全てにわたって、権限を持っている筈です。しかし、社長も、窓口になっている副社長の小野寺夫人も、金は出すが、口は出さないといい、それを実践しています。あとは、映画製作の責任者のS映画の渡辺社長、監督をする堀内。全体のストーリイを作っているシナリオライターの工藤、主演をする小賀れいら、こうした人たちは、話してみると、誰も権限を持っていないのです」

「それで、君の結論は？」

と、十津川が、きいた。

「そこで、私は、これは、映画関係者ではなくて、別の所が、力を持っているのではないかと、考えました。『京都望見』という古い雑誌です。この雑誌は、再映画化について、歴史的事実を尊重するようにと要望し、現在のところ、その意見通りに脚本が作られています。このところ、歴史認識が重視されている傾向があるので、意外に、『京都望見』のようなグループが力を持っていて、映画についても、影響力があるのではないかと、考えたのです」

「確かに、あり得る話ですね」

と、十津川が、肯く。

「そこで、私は、京都本社に電話し、その金沢支社に、支社長を訪ねにいきました」

「簡単に会ってくれましたか？」

「意外に、簡単に会えました。私が、会ったのは、坂本登《さかもとのぼる》という、六十歳で、マスコミ関係者というよりも、大学教授の感じでしたね」

と、黒木がいう。

「それで、どんな話になったんですか？」

「坂本さんがいうには、創刊の時から、京都の同人を中心にして北陸地方の歴史を研究し、発表してきました。それでも、映画や、テレビドラマに対しては、もともと、面白く作る娯楽作品なので、歴史的事実、いわゆる史実を押しつけるようなことはしないできたというのです」

「しかし、今回の再映画化については、『京都望見』の誌上で、かなり強く、史実を重視しろと要求していたんじゃありませんか？」

と、十津川が、いった。

「そうなんです。そこで、私も、そのことを聞いてみました。すると、坂本さんが、答えてくれました」

と、黒木は、続けて、

「十五年前の『北の城の花嫁』の時は、雑誌の同人たちのあいだでは、まあ、これでいいだろう、娯楽なんだから、という空気があったというのです。しかし、今年になって、再映画化の話が出てきた。前と同じ、史実を無視した娯楽作品にされたら、史実に忠実にという雑誌の願いがふたたび無視されてしまう。それでは、雑誌を出している意味が無くなるというので、史実に忠実にという要望書を雑誌に載せたのだということでした」

「映画作りの側が、その要求に応じて、脚本作りに入っているが、『京都望見』側は、自分たちの要求が、こんなに簡単に、受け入れられると、思っていたんだろうか？」

「私もその点が不思議だったので、聞いてみました。そうすると、坂本さんは、微笑して、こういいました。自分たちも、こんなに簡単に要望が、受け入れられるとは、思っていなかった。向こうが、娯楽映画に徹するといったら、それに対して、ストーリイを変えろと、強要することは出来ない。だから、向こうと話し合って、妥協点を見つけるようにしようと、覚悟していた。それが、向こうが、最初から、今度の映画は、史実に忠実に、やろうといってきたので、大いに歓迎するが、拍子抜けもしていると、いっていました」

「映画制作者と、『京都望見』側が、話し合ったりしたことは、あるんだろうか？」

と、十津川が、きいた。

「こちらの要望を全面的に受け入れてくれたので、雑誌としては、別に、話し合うこともしていないと、坂本さんは、いっています」

「結構じゃありませんか。お互いに、信頼し合っているんですから」

と、橋本がいった。

だが、十津川は首をひねって、

「少しばかり、うまく出来すぎているね」

と、いった。

「普通なら、会って、確認するんじゃないかな」

「私も、十津川警部に賛成ですね」

と、亀井が、口を挟んで、

「あまりに、話がうまく進んでいる時は、逆に、眉に唾ですね」

「では、坂本さんが嘘をついているということですか？」

と、黒木が、十津川にきく。

「今、亀井刑事が、いったでしょう。話が上手く進んでいる時は、逆に眉唾ですねと」

「どこが眉唾ですか？」

「映画関係者と、『京都望見』の同人とが、会って確認したことはないということです。大事な話なのに、確認しないという点ですよ。信じられないのです」

と、十津川が、いった。

「どうしますか？」

「私が、『京都望見』の坂本さんに会って話を聞きます。黒木さんも一緒に行ってくれると、助かる」

「もちろん、同行しますよ」

と、黒木が、いった。

3

その日のうちに、十津川は、黒木と、「京都望見」の支社に行き、坂本に会った。黒木がいうように、大学教授の感じを受ける男だった。

「今回、こちらで『北の城の花嫁』の再映画化に対して、誌面で、史実に忠実にと要求しましたね？」

と、十津川が、話しかけた。

「その通りです。十五年前の映画化の時は、やむを得ないと、考えて、何もいいませんでした。それが、再映画化するというので、今度は、こちらの要望を強く打ち出そうと考えたのです」

「再映画化のグループが、簡単に、要望に応じると、思いましたか？」

「いや。難しいだろうと、思っていました。向こうは、金儲けで作るのだから、こちらの要望は、拒否するかも知れないと、思っていました」

「それが、簡単に、向こうはこちらの要望を受け入れて、史実に忠実に作るといったことを、どう思いましたか？」

「最初は、驚きましたよ。そのうちに、嬉しくなりました。こちらの要望が、あっさり受け入れられたからです」

「向こうから、こちらに、知らせてきたんですか？　史実に忠実に映画化すると」

十津川が、きいた。

「いや。向こうが、史実に忠実に、再映画化すると、発表したので、こちらとしては、歓迎することにしました。いい傾向だと思いましたが、急に、向こうにおもねるようなので、会ったりすることはしませんでした」

「こちらからも、向こうからも、会って、再映画化のことや、史実に忠実に作るといったことを、確認し合ったことも、無いんですね？」

十津川が、もう一度、きいた。

「ありませんが、向こうは、私たちの要望通りに、再映画化するというので、大いに、歓迎しています」

と、いった坂本は、微笑した。

「こちらで出している『京都望見』ですが、京都に本社があり、金沢に支社があるんですね？」

十津川がきくと、坂本は、

「どちらも、小さいものですよ。そのうちに、どちらかに、吸収するつもりです」

「縮小するということですか？」

「そんなところです」

「赤字ですか？」

十津川は無遠慮にきいた。

「こういう雑誌が黒字になることは、めったにありません」

と、坂本がいう。

「今、何部、刷っているんですか？」

「一万五千です」

「かなりの数ですね。定価がついていて、七百五十円になっていますね。毎回、赤字だとすると、どうやって、続けているんですか？」

と十津川が、更に質問していくと、坂本が、

「われわれのことを、警察が心配してくれなくても、結構ですよ。赤字のことだって、わ

れわれの問題で、警察は関係ありませんから。それとも、毎月の赤字を、警察が、補塡《ほてん》してくれるんですか？」

最後は、坂本は、喧嘩腰になっていた。

十津川たちは、それを機会《しお》に、帰ることにしたが、

「さすがの坂本氏も、最後は怒っていましたね」

と、黒木が、いう。

「多分、誰かから、経済援助を受けているんですよ。それを知られたくなくて、怒って見せたんだと思いますよ」

と、十津川が、いった。

「十津川さんは、誰から援助を受けていると思っているんですか？」

「私の想像が当たっていれば、古賀幹事長か、彼とコネのある資産家」

と、十津川は、いった。

「今度の再映画化のスポンサーのジャパンフーズも入りますか？」

「もちろん、入りますよ。いや、ジャパンフーズが、本命かも知れません」

「どうして、十津川さんは、そう思うんですか？」

と、黒木がきく。

「今度の再映画化の話は、ジャパンフーズが資金を提供するということで、始まった筈です。製作の方は、S映画の渡辺社長が担当する。監督、脚本、それに、主演女優は、小賀れいらで決まり。スポンサーの意向で、どんどん決まっていくと思われたのに、脚本が変わり、監督も新人になった。しかも、スポンサーのジャパンフーズが、それを決めているわけではない」

「それで、政治家ですか」

「私の友人が京都に住んでいるんですが、裏が国有林で杉林なんだそうです。ところが、手入れが悪いので、台風が来ると、何本も倒れる。ところが、それを処分してくれないので、倒れたままになっている。大雨が降ると、土砂が友人の庭に流れ込んでくる。そこで、営林署に行って、何とかしてくれと陳情したが、予算がないとか、人手が足りないとかいって、いっこうに、動いてくれないというのです。そんなとき、友人は、クラブで、時の国務大臣と偶然、知り合いになった。その大臣は、趣味の広い人で、クラブに来ると、ピアノを弾いたり、コースターに、客の似顔絵を描いたりしている。友人も、ピアノを弾いたり、水彩画を描いたりするので、親しくなったら、大臣の秘書が、何か困ったことがあれば遠慮なくいって下さい、というので、裏山の倒木のことを話したそうです。さして、期待せずに話したというのですが、翌朝、裏がうるさいのでカーテンを開けたら、十人以上の作業員が動き廻っていて、あっという間に、倒木を、きれいに処分してしまったというのです。その時、友人は、つくづく『日本という国は、コネが生きている国だ』と思ったそうです。特に、政治家にコネがあれば、多くの問題が解決してしまうんです。だから、友人の話を聞いても、けしからんと怒る人は殆どいなくて、自分も政治家の知り合いが欲しいというそうです」

十津川の話に、黒木が、

「そういえば」

といった。

「人気のテレビドラマ『水戸黄門』や『暴れん坊将軍』も、よく考えれば、どちらも、コネ物語ですね。悪人にいじめられている可哀そうな母娘がいる。家老に欺《だま》されて、腹を切ることになってしまった純情な若侍がいる。そのままだと、間違いなく悲劇になるが、偶然、母娘は、水戸黄門と知り合いになり、若侍は、将軍（上様）と知り合う。コネが出来たんです。そうすると、たちまち、悪い奴は、こらしめられ、悪家老は、切腹を命じられ、若侍は出世する。いずれも、コネの力ですよ。今の日本人が、このドラマが好きだとすると、コネを悪いことだとは、思っていないことになりますね。どうしてですかね」

「昔の日本は、多くの法律や規則を、中国から学んでいたが、中国では、有名な『科挙』

の制度が行われていたといわれます。それも千三百年にわたって行われた官吏任用制度です。この試験に合格しないと、中央官庁には入れず、有名な詩人が、科挙に合格せず、地方に追いやられて、その悲運を詩に詠んでいます。朝鮮でも、高麗《こうらい》、李《り》王朝時代に行われ、それが、厳しい身分制度を生んだといわれます」

「日本では、科挙は行われませんでしたね？」

「そうです。それを、よかったという人もいます。しかし、試験制度がない時は、それにかわる制度が必要になります」

「それがコネですね」

「そうです。コネです。従って、上司の引きがなければ、出世が出来ない社会が生まれてしまいます」

「私の感じでは、科挙の方が、実力主義で、コネの方は、ワイロ社会に見えますが」

と、黒木はいった。

十津川は笑って、

「そうばかりとは、いえませんよ。科挙も、たまたま試験に失敗したために、優秀な人間が中央を追われて、片田舎で、一生を過ごすこともあります。コネの場合も、上に立つ者が人を見る眼を持っていて、優秀な人物を抜擢《ばってき》して、政治を委ねれば、いい社会が出来ます」

「今回の再映画化の件で、十津川さんは、政治家が入ってきている。それに、コネが働いていると思っているんでしょう？」

「間違いないと思います」

「古賀代議士ですね？」

「そうです」

「彼は、最初の『北の城の花嫁』で、ヒロインを演じた宇野喜代子と、関係があったし、再映画化で、ヒロインを演じる小賀れいらの父親でもあります」

「つまり関係者の一人ですよ」

「もし、古賀代議士が、関係を持ちたがっているとしたら、不審なことが、いくつかあります」

と、黒木がいう。

「どんなことです」

「再映画化の話の直前に、宇野喜代子が、七尾の寺で、自殺に見せかけて、殺されているんです。彼女と、古賀代議士との関係が、話題になる可能性もありますから、普通なら、再映画化に反対すると思うのです。自分の娘といわれる小賀れいらが、母と同じヒロイン

を演じるとなれば、なおさらだと思うのです。それなのに、再映画化の陰で動いていると
いうのもわからないのです」

と、黒木はいう。

「確かに、その通りだと、私も思います。最近は、政治家も女性関係で、失脚することが、ありますからね。しかし、それでも、再映画化話に、口を挟む必要が、あったんでしょうね」

と、十津川は、いった。

「誰とのコネですかね？」

「十五年前の時は、ジャパンフーズの小野寺社長の軽井沢の別荘で、古賀代議士は、宇野喜代子と関係を持ったのではないかといわれている。しかし、今回は、渡辺社長の影が薄いので、ジャパンフーズとの関係だと思います。この会社、或いは、小野寺社長夫妻と、古賀代議士と、どんな関係なのかを、徹底的に、調べたい」

と、十津川は、いった。

「他に、調べたいことが、ありますか？」

「もう一度、『花嫁のれん』に乗ってみたいですね」

と、十津川が、いった。

第七章　真実の脚本

1

十津川は亀井と二人、東京には帰らずそのまま、京都に向かっていた。その理由は二つである。

一つは関係者、あるいは、宇野喜代子の娘である小賀れいらなどが全て、京都に集まっていたからだった。

わざわざ、京都に行ってまで、十津川が、どうしても知りたかったことは、たった一つだった。それは、なぜ、問題の映画「北の城の花嫁」のストーリイが、ここに来て大きく変わってしまったのか？　最初の映画を監督した入江洋一郎、それに小賀れいら以外の配役全てが、なぜ、ガラリと変わってしまっているのか？　それはなぜなのか？

十津川は、それを、解明したかった。今、知りたいのはその一点だった。

誰もが、奇妙だといっているのが、今回の「北の城の花嫁」の再映画化の話である。今度の新作は、前の映画とは全面的にストーリイを変えるといっている。それも歴史にのっとった真実の物語に、仕上げるというのが、今回の再映画化の売りである。

しかし、いったい誰が、その方針を決めたのかが全く不明なのだ。

映画の製作で、いちばん力があると思われる資金の提供者は、小野寺という、ジャパンフーズという全国チェーンの会社の社長だが、金は出すが、口は一切出すつもりはない。好きなように作ってくれればいいといっている。

再映画化を頼まれたS映画の渡辺という社長も、自分は何も口をはさんでいないという。

監督は前作とは別の、若い監督になったが、その監督も、シナリオ通りに制作するという。肝心のシナリオを書いた脚本家も、とにかく、嘘は書かない、史実に忠実な映画にするための脚本を書くといっている。

ここにきて、十津川が考えたのは、古賀代議士のことだった。

古賀代議士は現在、幹事長で、次の官房長官に決まったような感じさえする、有力政治家である。官房長官になれば、次は、いよいよ、総理大臣である。その時になったら、古賀は、今回の資金提供者のジャパンフーズの社長と、何か約束をしているのではないのか？

そこに何か、約束事があるとすれば、資金提供者の社長が、今回の再映画化について、金は出すが、口は出さないといっていながらも、製作についても何らかの指示を与えているのではないだろうか？

その謎を解明するために、十津川は七尾署の篠原刑事と二人で、関係者の間をもう一度回って、歩くことにした。

最初は、二人が会ったのは、前にも会った「京都望見」の坂本だった。

二人が訪ねていくと、坂本は、いかにも不機嫌な様子で、

「何度来られても、お二人に話すことは、もう何も、ありませんよ。私は別に、今回の作品の再映画化について、反対しているわけではありませんからね」

と、いきなり、いった。

「そのことは、分かっています。それでも、もう一度、お聞きしたいのです」

と、十津川が、いった。

「噂では、先日、こちらの『京都望見』の雑誌に、嘘の映画を作るな。本当の歴史に基づいたリアリティーのある映画を作るべきだという論争が、載りましたよね？　その記事が、今回の再映画化のポイントになっているという噂を聞いたのですが、それは、本当ですか

ね？」

と、篠原も、いった。

坂本は、眉を寄せたまま、

「実は、それで、こちらとしても困っているんです。たしかに、われわれは『京都望見』に、真実の歴史に基づく、リアリティーのある映画を作って欲しいと書きましたよ。それは本当です。しかし、だからといって、それに反対する映画を作るなとは一言もいっていません。それは、大きな誤解だし、間違いです」

と、強い口調でいった。

「すると、今回、再映画化の話が進んでいますよね？　それについて、こちらでいちいち、文句をつけているわけではないんですね？」

十津川が、念を押した。

「もちろんですよ。どんな映画を作ろうと、作る側の自由ですからね。ただ、できれば、こうしてほしいという、こちらの希望を、いっただけの話です。幸い、今回作られた脚本は、歴史の真実にのっとって、きちんと、書かれたそうですから、そのことについては、喜んでいます。だからといって、われわれは、架空の映画でも、一向に構わないんですよ。それは、表現の自由ですから、侵害するつもりはありません」

と、坂本は、繰り返した。

十津川たちが、次に会ったのは、再映画化の全体を、取り仕切るS映画の現会長、渡辺である。前作も、このS映画の作品として、封切られ、好評だった、その時の社長だった渡辺である。

会ったのは、京都にある渡辺の別荘だった。

渡辺も、二人の刑事に対して、

「もうしゃべることは、何もありませんよ。私のほうは、全体を、見ているだけで、細かい点は、現場に委《まか》せています」

という。

「では、誰が、再映画化に関して、こういう映画にしたいという希望を、口にしているんですか？」

と、十津川が、聞いた。

「それは、今回新しく、監督をやることになった堀内さんに会って、聞いてもらえませんか？　堀内さんは、若手の監督で、今回は張り切っていますから」

堀内が、京都で泊まっているホテルの名前を、教えてくれた。

堀内は、そのホテルの、二部屋を借りていて、もう一つの部屋には、助監督と、今回の脚本を書いている工藤という脚本家が、入っているという。

二人の刑事は、まず、堀内に話を聞くことにした。

渡辺は、若手の監督だといったが、年齢は、三十代の後半だろう。二人の刑事を前にして、少し緊張していた。

まず、再映画化される作品の、監督をする気持ちを聞くと、堀内は、五年間干されていたというだけに、

「警察に、邪魔をされて、この映画が、駄目になったら困るんですけどね」

と、まずいった。

十津川は、笑って、

「いや、われわれには、映画化を邪魔しようなどという気持ちは、全くありません。ただ、ここに来て、一人の人間が、殺されるという事件が発生しました。その捜査も兼ねて、皆さんにお聞きしたいことが、いろいろとありましてね」

といい、七尾署の篠原も、

「われわれは、犯人を、見つければいいだけで、映画の制作を、邪魔しようというつもりは全くありません」

と、続けた。

「しかし、それなら、なぜ放っておいてくれないのですか？」

と、堀内が、聞く。

「最初の『北の城の花嫁』の監督は、入江洋一郎さんがやっています。入江さんは、今回の映画の監督もやりたいといっていたのですが、結局、若手のあなたに、決まった。その間のいきさつについて、何か知っていますか？」

と、十津川が、聞いた。

「その点について、誤解のないように、前もって、いっておきますが、入江さんを追い落として、自分が、今回の映画の監督をやることになったというわけでは、ありませんよ。入江さんは、私の先輩ですからね。わたしが聞かされたのは、入江さんは、ただ単に面白ければいいという考え方で再映画化をしようとしていたようなのですが、今回は、歴史の正確さをきちんとして撮ってもらいたいということになったので、入江さんには、遠慮してもらって、私に監督をやってほしいという話が回ってきた。そういうことです」

「堀内さんは、今回、歴史的に正しい映画を作るという考えについては、どう、思っていらっしゃいますか？」

篠原が、聞いた。

「私は、時代物、あるいは時代と現代が結ばれた映画でも、リアリティーが必要だと思っています。ただ単に面白ければそれでいいという映画は、私は、好きじゃないのです」

「今、堀内さんがいった入江さんの話ですが、誰に聞いたんですか？　誰が、あなたに監督を、依頼したんですか？」

「それは、S映画の社長の渡辺さんです」

と、堀内が、いう。

「それは、渡辺さんから、直《じか》に、いわれたんですか？」

「そうですよ」

「その時、渡辺さんに、どんなことを指示されました？」

と、十津川が、聞いた。

堀内は、ちょっと考えていたが、

「本当のことを、いわなくては、いけませんか？」

と、眉をひそめて、十津川を見た。

「できれば、事実を、教えてください」

「渡辺社長に呼ばれましてね。社長のところに行ったら、こういわれました。君は、プロデューサーと、よく喧嘩をして、自分の撮りたい映画ばかりを、撮ってきた。それで興行成績が、悪かった。だから、五年間も、干されたんだ。今回は、周りのいうこともよく聞いて、細かい反対はしないで、脚本にしたがって、映画を撮ってくれ。そういわれました」

「それでは、今回の、新しい『北の城の花嫁』の脚本を書いている工藤さんを、紹介してもらえませんか？」

と、十津川が、いった。

「紹介するのはいいですが、今、彼は、ここには、いませんよ。昨日まで隣の部屋で、脚本を書いていましたが、今日は、朝から、出かけていますから」

と、堀内が、いった。

「どこに、行っているんですか？」

「脚本がほぼ完成したので、最後にもう一度、実際の歴史に関係した場所を、見て回りたい。そういって出かけました」

「そうですか、脚本は、すでにできあがっているんですね。できれば、それを、見せてもらえませんか？」

「お見せするのは、もちろん、構いませんよ。ただ、工藤さんも、いっていたんだけど、もう一度、歴史に関係した場所を、見て回って、更に直すべきところがあれば直すといっていましたけどね」

堀内は、できあがったばかりの、準備稿と書かれた脚本を見せてくれた。

「この脚本を、お借りしても構いませんか？」

と、篠原が、聞いた。

「コピーして、お貸しします。ただ、内容について、いろいろなところで、話をすることは止めてくださいね。映画の撮影に入るまで、本当は、脚本の内容については、誰にも知られたくないのです。妙な話が出たりすると、困りますから」

と、堀内が、いった。

「そのことは、十分承知していますよ。内容については、絶対に、誰にもしゃべりません。それから、明日には、間違いなくお返しします」

と、十津川が、約束した。

次に、二人が会ったのは、前作の監督をした入江洋一郎である。何回目かだった。

入江は、今回の映画に、まだ未練があるのか、京都駅近くのビジネスホテルに泊まっていた。ホテルのロビーで会うと、入江は、真っ先に、いった。

「今回の再映画化については、不透明なところが、いくつもあるんですよ。最初は、私が監督をやることになっていたのに、なぜ急に、降ろされてしまったのか？　第一に、そこのところがよく分かりませんね。前作の時の関係者も、自分たちがはじかれたことに対して、不思議がっています。私は、前作を、よく知っている人間が、再映画化もやったほうが、いいのではないかと、思っているんです。前作の『北の城の花嫁』は、評判がよく、お客さんもたくさん入って、大きな収益を上げているんですからね」

と、まくし立てた。

十津川は、相手の話が終わるのを待ってから、

「ここに来る前に、今回監督に決まった堀内という若い監督さんに会ってきました。そうしたら、監督に決まったのは、S映画の渡辺社長に、指名されたからだといっていましたがね」

その言葉に、入江は、大きく手を振って、

「それも、ちょっとおかしいですよ」

という。

「どこが、おかしいのですか？」

「S映画の渡辺会長は、前作の時の映画化について総指揮を執《と》っておられた人ですが、今回はその長男で現渡辺社長のS映画の製作に、なるわけです。ところが、今回、監督になることが決まった、堀内君は、S映画の人間では、ないんですよ。S映画とはライバル関係にあるK映画の監督なんですよ。それなのに、渡辺社長が、どうして、あの堀内君を新

しい、監督にしたのか、全く分からないのです。それに、堀内君は、わがままで何よりも興行成績も悪く、儲かる映画が作れないということで、五年間も、干されていたんです。そういう人間を、渡辺社長が監督に抜擢したということが、私には、どうにも、解《げ》せないんですよ。本気で、売れる映画を作りたいのなら、彼を監督に起用しようとは思わないはずなんです」

「その点についてですが、堀内監督は、こうも、いっていましたよ」

篠原が、横から口をはさんだ。

「S映画の渡辺社長に呼ばれていった時、君に、今回の『北の城の花嫁』の再映画化の監督を頼もうと、思うのだが、君は、五年間も干されていたのだから、今回は、周りのスタッフのいうことを、よく聞いて、自分だけの映画を作らないように、気をつけてくれといわれたそうです」

「そうでしょう。どうして、そんな危険な堀内君に、監督を頼んだのか、その点が、分からないのですよ。私が降ろされたわけも、全く分かりません。いったい、どこが悪かったのか」

入江は、盛んに、首をひねっている。

「再映画化の脚本、まだ準備稿ですが、それを、借りてきました。入江さんは、内容をご存知ですか？」

十津川が、聞いた。

「まだ、読んではいませんが、どんなストーリイになるのかは、聞いています。とにかく歴史に、忠実に作るというわけでしょう？　しかし、そんなことをしたら、面白くない映画に、なってしまうじゃないですか。それに、堀内君が監督をするとなれば、観客もそうは入らないでしょうし、赤字になることは、避けられませんね」

「歴史に忠実、リアリティー重視という、今回の映画の脚本については、入江さんは、どう思われますか？　今、面白くないといわれましたが」

と、篠原が、聞いた。

「映画は歴史じゃありませんよ。それに、歴史というものは、時には、面白いかもしれませんが、たいていは、詰まらないものです。それを、面白くするのが、映画じゃないかと思うのですよ。もちろん、全くの嘘は、書けませんけどね。面白いエピソードを、はさんでいく。それは、歴史に対する冒瀆《ぼうとく》ではなくて、歴史を面白いものにする作業じゃありませんか？　渡辺社長だって、そんなことぐらい十分に分かっているはずなのに、どうしたんですかね？　スポンサーの意見なんでしょうか？」

「スポンサーはたしか、小野寺さんというジャパンフーズの、社長でしたよね？　入江さんは、小野寺社長に、会ったことがありますか？」

と、十津川が、聞いた。

「社長ではありませんが、奥さんのほうに会いました。渡辺社長が、今回の映画は社長ではなくて、全て奥さんに任せていると、いわれたので、奥さんの小野寺愛子さんに会いました。たぶん、全て奥さんが決めているのではないか、そう思って、会いに行ったのです。それで、小野寺愛子さんといろいろと、話をしました」

「どんな話を、したんですか？」

「私の持論をいいましたよ。映画は面白くなくちゃいけない。自分勝手に、作ってはいけない。それから、私は、古手の監督ですが、これまで監督した映画は、ほとんど、ヒットしています。興行収入を、上げています。今回も、私が撮れば、興行成績が、必ず上がります。そういったんですけどね、小野寺夫人は、今回の映画は、歴史の真実を伝えるような、作品にしたい。面白い作品にする必要はないと、いわれたんですよ。取り付く島もありませんでしたね。スポンサーがそういう考えを持っているのであれば、たしかに私は、監督にふさわしくないかもしれない。そう思いました」

「しかし、まだ、京都に留《とど》まっているのは、どうしてですか？」

篠原が、意地悪く聞いた。

入江は一瞬、ムッとした表情に、なったが、

「スポンサーのジャパンフーズだって、今度作る映画が、当たらなかったら困るわけですよね？　資本主義の権化《ごんげ》みたいな会社ですからね。それで、私は、今度監督に決まった堀内君が撮った映画の、何本かの興行成績を調べて、それを、小野寺愛子さんに伝えました。それで、小野寺さんがもう一度考え直して、私に、監督を頼むことになったら、絶対に当たる映画を、作ってみせる。それで、あと一週間くらいは、このまま、京都に留まっていようと、思っているんです。もし、スポンサーの小野寺さんの気持ちが変わったらと、思いましてね」

「それで、スポンサーの、小野寺さんが、監督を替えるような感じは、ありますか？」

と、篠原が、聞いた。

「残念ながら、今のところは、ありませんね。これは、悪口じゃありませんが、堀内君が撮ったら、必ずコケますよ。それは間違いありません。そのことは、スポンサーの小野寺さんに分かってもらいたいと、思っているんですけどね」

と、入江が、いった。

最後に、十津川が、入江に聞いた。

「今回、再映画化される映画の脚本ですが、工藤という人が、書いていますよね？　あな

たにいわせると、面白くない脚本になっただろう、と。そうですよね？」

「ええ、私が話を聞いた限りでは、全く面白くないストーリイでしたよ」

「工藤さんは、どうして、そんな、詰まらない脚本を、書いているんですかね？」

十津川が、聞くと、入江は、

「最初は、工藤さんじゃなかったんです。実は、最初に、今回の再映画化される作品の脚本を書いたのは、井上昭《いのうえあきら》さんなんですよ」

と、いった。

十津川は、井上昭というシナリオライターのことは、よく知っていた。必ずヒットする脚本を書くということでよく知られた名前だったからだ。脚本の神さまといわれていることも知っていた。

「たしか、井上昭さんは、最近亡くなりましたよね？」

と、十津川が、聞いた。

入江が、肯いた。

「ええ、火事で亡くなりました。しかし、井上昭さんは、今回の『北の城の花嫁』の再映画化の作品の脚本を、間違いなく、書いていたんですよ。おそらく、スポンサーのジャパンフーズの小野寺社長が頼んだのだと思うのですが、脚本はほとんど出来上がっていたんじゃないですかね？　それが、突然の火事で亡くなってしまった。それから、新しい脚本の話が出てきて、私が馘になって若手の監督が起用されることになったのです。しかし、それも、私にいわせれば、何となく、おかしいのです」

「井上昭さんが書いた脚本というのは、あるんですか？」

と、篠原が、もう一度聞いた。

「それがですね、井上昭さんは、京都のマンションに住んでいたのですが、亡くなってから部屋中を探すと、ほとんどの脚本は大切に保管されていて、焼けずに残っていたが、なぜか、今回の再映画化される作品の脚本だけが、見つからないのですよ」

「どうして見つからないんですか？　あなたの話では、今度の作品の脚本は出来上がっていたというじゃありませんか？」

と、十津川が、いった。

「断言は出来ませんが、おそらく、依頼したスポンサーのジャパンフーズの社長は知っていたのではないかと思いますよ。井上昭さんが、脚本を書き上げたことは、間違いないのだそうです。それなのに、今いったように、井上昭さんのマンションをいくら調べても、脚本は見つからなかったんです」

「それは、本当の話なんですね？　間違いはありませんか？」

十津川が、念を押した。

「ええ、間違いありませんよ。井上昭さんが亡くなる前ですが、彼と京都で飲んだことがあるんですよ。私としては、再映画化の作品の監督もやるつもりでしたから、井上さんの脚本が、どんなものなのか、それが知りたかったですからね。そうしたら、今、間違いなく、面白いものを書いています。期待していてくださいと、井上さんがいわれたんです。ですから、脚本は、絶対にどこかにあるはずなのですが、それが、見つからないのです。おかしいじゃありませんか」

と、入江が、いった。

2

十津川と篠原は嵯峨野に行って、ジャパンフーズの社長の妻、小野寺愛子に、会うことにした。会うことに先方がOKしたのは、おそらく、二人が、刑事だからだろう。こんな時には警察手帳が、役に立つのである。

嵯峨野にある大きな別荘だった。純和風の別荘、別宅というほうが、相応《ふさわ》しいかもしれない。

その奥の間で、小野寺愛子が、二人に会ってくれた。

「ご主人だったのか、それとも、あなただったのかは、分かりませんが、今回の映画について、初めは、有名な脚本家の井上昭さんに、脚本を頼んだそうですね？」

と、十津川が、聞いた。

「その辺のところ、私には、よく分かりませんけど、主人が、井上さんに、頼んだのかもしれません。でも、あの方、つい最近亡くなってしまって」

と、いう。

「脚本を井上さんに依頼したのが、いつ頃だったのか分かりますか？」

「正確な日時は、分かりませんが、かなり前だったと思います。今も申し上げたように、頼んだのは、主人だと思います」

と、小野寺愛子が、いった。

「奥さんは、井上昭さんに会ったことがありますか？」

と、篠原が、聞いた。

「ええ、一度だけですが、会ったことがありますよ。映画の話ではなくて、あの方も京都に、いらっしゃるようで、偶然、Kホテルのロビーで、お会いして、主人と三人で、お茶を飲みました。ただそれだけのことですけど」

と、小野寺愛子が、いった。

「できれば、ご主人に電話をして確認していただけませんか？　井上昭さんに、今回の映画の脚本を頼んだことがあるかどうか、それを確認したいのです」

十津川が、いった。

一瞬、愛子は、当惑した顔になったが、仕方がないという感じで、ケイタイで、東京本社にいる夫の小野寺に、電話をしてくれた。

だが、小声で話をしているので、よく分からない。途中から、十津川は、

「私が直接聞いてみましょう」

と、いって、ケイタイを、取り上げ、向こうにいる小野寺に向かって、

「私は警視庁の刑事ですが、今、ある殺人事件を追っています。それで、参考のためにお聞きしたいのですが、小野寺さんは、井上昭という脚本家に、今回の、映画の脚本を頼みましたか？」

と、聞いた。

「ええ、頼みましたよ。今の日本の映画界で、井上昭さんは、いちばん売れている脚本家だと、聞いていましたからね。しかし、その脚本が完成しないうちに亡くなってしまったので、私としては、残念で仕方がありません」

と、小野寺が、いった。

「井上昭さんは、あなたに、頼まれていた脚本を、ほとんど、書き上げていたんじゃありませんか？」

「刑事さんは、どうして、そんなことをおっしゃるんですか？　私には、井上さんから脚本を受け取ったという記憶は、全くありませんが」

「井上昭さんのことを、よく知っている人が、証言しているんです。井上さんは、面白い脚本ができた。売れる脚本が、書けた。そういって嬉しそうだったと、いっているんですよ。それに、井上さんは、京都の嵯峨野にあるホテルにこもって、書いていたんですが、その後、自宅のマンションに帰っています。それはつまり、脚本が完成したので、それを持って自分のマンションに、帰ったと考えられるんですが、肝心の脚本が見つからないのです」

「そんなことは、私には、分かりませんよ。私はただ、脚本を書いてほしいと、お願いしただけで、完成したら見せてくださいと、いっておいたのですが、それが、実現しないいまに、井上さんが亡くなってしまいましたからね。周りの人たちに、聞いても、脚本ができないうちに、亡くなってしまったということのようです」

と、小野寺が、いった。

結局、小野寺は最後まで否定し続けて、十津川も諦めて、ケイタイを、小野寺愛子に戻してしまった。

だが、疑いは、頭に残ったままで、嵯峨野を後にした。

その後、篠原刑事はいったん七尾署に帰り、十津川は、泊まっている、京都駅前のホテルに戻った。

十津川を待っていたのは亀井刑事である。亀井刑事は、京都府警捜査一課の原田《はらだ》刑事と一緒に、殺された、三村修の事件を追っていたのである。

ホテルで一緒に夕食を取りながら、十津川は亀井から、三村修の事件について、報告を受けた。

「京都府警でも、三村修殺しの第一容疑者は、古賀代議士の秘書、加藤ということになっていますが、その加藤秘書は、現在、東京に帰ってしまっています。それで、明日にでも京都府警捜査一課の、原田刑事が東京に行き、加藤秘書に会って、話を聞くということです」

と、亀井が、いった。

その時、突然、その京都府警本部から亀井刑事のケイタイ宛てに、電話がかかってきた。

亀井が、早口で応対してから電話を切り、十津川に向かって、

「雑誌記者の黒木が、嵯峨野で自動車事故にあって、病院に担ぎ込まれたそうです。命には別状ありませんが、右足の骨折で、三日ないし四日の入院は必要だそうです」

と、十津川に告げた。

十津川は、すぐ、

「行ってみよう」

と、いった。

3

嵐山駅の近くの病院だった。すでに周囲は暗くなっていて、救急病院であることを知らせる表示に、赤い明りが点滅していた。

十津川と亀井が、訪ねていくと、黒木は、その病院の三階の個室のベッドに、寝かされていた。右足にまかれた包帯が痛々しい。それでも、本人は、意外に元気だった。

「ひどい目に遭いましたね」

十津川が、いうと、黒木は、ベッドに寝たまま笑って、

「考え事をしながら、歩いていたのが悪かったんですよ。こんな自動車事故に遭ったのは、

生まれて、初めてです」

と、いう。

「君にぶつかった車は、分かっているのですか？　ひょっとすると、逃げられたんじゃありませんか？」

「ええ、たしかに、逃げられました。しかし、車種と、乗っていたのが男だということだけは覚えていたので、そのことは、警察に、話しました。ただし、車のナンバーは、覚えていません」

と、黒木が、いった。

「今日は、どこに行ったんですか？」

と、亀井が、聞いた。

「実は、何とか、特ダネをつかみたいと思いましてね。再映画化される映画の関係者に、会って、しつこく話を聞きました。どう考えても、おかしな映画の作り方をしていますからね」

と、黒木が、いうのだ。

「私も今日は、七尾署の篠原刑事と一緒に、映画の関係者に当たってきました。たしかに、今度の映画の作り方には、不可思議なところがあると私も思っています」

と、十津川が、いった。

「いちばん分からないのは、誰が責任者かということでしょう？」

と、黒木が、いった。

「そう思いますか？」

「当然でしょう。映画を作るには、金がかかります。今の世の中、映画製作に、大金を出そうという人は、なかなかいません。今度も、前の映画と同じように、ジャパンフーズがスポンサーになりました。それも二十億円は出してもいいといっているわけでしょう？製作側にしてみれば、こんないい話は、ありませんよ。当然、ジャパンフーズが、実権を握っていて、いろいろと注文を付けているのではないかと、思ったのですが、社長夫人の小野寺愛子は、金は出すが、口は出さないといっています。それでも実際には口を出しているのではないかと考えるのが、当然ですよね、何しろスポンサーなんですから。でも、いくら調べてみても、何の注文も、出していないのです。それから、S映画の渡辺社長も、自分には実権がないといっています。その上、前作の入江監督は馘になって、若手の映画監督に決まりました。堀内という監督ですが、彼が今までに作った映画は、一本もヒットしていません。スポンサーのジャパンフーズだって、映画を宣伝に使いたいでしょうから、どうして、そんな売れない監督で、我慢しているのか、なぜ、入江監督と、交代させたのか、それが、分からないのですよ。それで、関係者に会って話を聞いてきたのですが、誰一人としてその辺の事情を知っている者がいない。誰が全体の責任者かもはっきりしない」

と、黒木は、足の痛みに顔をしかめながらも、延々としゃべる。

十津川は、笑って、

「私も君と同じ疑問を持ったので、七尾署の篠原刑事と一緒に、関係者の間を、回ってみたんですが、同じ感想を持ちました。特に気になったのは、井上昭というシナリオライターのことです。私ですら名前を知っていたくらいだから、日本のシナリオライターとしては、第一人者じゃないでしょうかね。最初、奥さんは小野寺社長が、その井上昭さんに、今回の映画の脚本を依頼したといっています。それも、かなり、前だそうです。井上昭さんという脚本家ですが、入江監督が飲んだことがあって、その時に、いい脚本が書けている。間もなく完成すると嬉しそうにいっていたというのですが、その後、亡くなって、しまいました。当然、完成したその脚本に興味があるのですが、どういうわけか、その脚本が、見つからないというのです。井上昭さんのマンションにもないし、仕事をしていたホテルの部屋にもない。スポンサーの小野寺愛子さんも、その脚本を、見ていないし、もしかすると、完成しなかったのではないかといっているのです。どう考えても、おかしいと思いますよ。それで現在、工藤という脚本家が書いたシナリオの準備稿があるというので、取りあえず、それを、借りてきました」

そういって、十津川は、その脚本を、黒木に渡した。

黒木は、横になったまま、ページを、パラパラとめくっていたが、

「今、警部がいった、井上昭という有名な脚本家にシナリオを、頼んだというのは、本当の話なんですか？」

「本当でしょうね。小野寺愛子さんもそういっていますし、前作を監督した入江洋一郎さんも、同じことをいっていますから、間違いないでしょう」

「もし、その話が、本当なら、井上昭が書いたという脚本を、ぜひ読んでみたいですね。何しろ、あの人が書いた脚本で、映画を作ると、その映画は、必ず、当たるといいますからね。とにかく、大人の面白い脚本を、書くということで有名ですから」

と、黒木が、いった。

十津川と亀井は、いったん、ホテルに戻り、翌日もう一度、今度は、花束を買って病院に、黒木を訪ねていった。すると、黒木がいきなり、

「このシナリオ、読みましたが、ちっとも面白くないですよ」

と、いった。

「しかし、その脚本で、今度の映画を、撮るんでしょう?」

「たしかに、きちんと、書かれてはいますが、本当に面白くないんです。本来なら、小藩が、それよりも大きな藩と喧嘩をして、夫婦もろとも、最後は自害するわけですから、面白く書こうと思えば、いくらでも、面白く書けるわけです。それが、ちっとも面白くないんです。ただひたすらに、歴史を、追っているだけですよ。長尾城と、若い領主の夫婦の愛と死を中心に書けば、間違いなく、面白くなるのに、その頃の、日本の状況とか、侍の生活とかそんなことばかり、書いていますからね。ストーリイに、躍動感といったようなものが全然ないんですよ。時代劇映画としては、いちばん、気をつけなくてはいけないところなんじゃないでしょうかね。この脚本で、映画を作ったら、失敗します。お客なんか来ませんよ」

明らかに黒木は、腹を立てていた。

その準備稿を、十津川は受け取ってから、

「君が遭遇した交通事故なんですがね」

「そのことは、昨日も、いいました。私が考え事をしながら歩いていたのが、いけなかったんです」

「君の交通事故を調べた京都府警に行って、話を聞いてきたんです。そうしたら、目撃者がいたらしい。その目撃者の話では、たしかに君は、道路の端に、寄って歩いてはいなかったそうです。ところが、白い車は、君を避《よ》けようともせずに、まっすぐ、君に当たっていったというんですよ。車のナンバーは分からないが、白いベンツだったそうです。その目撃者の証言が正しければ、君は、その車に、はねられたんです」

と、十津川が、いった。

「つまり、私は殺されかけた。そういうことですか？」

と、黒木が、聞いた。

「状況から考えれば、そうとしか、思えませんね。そこでお聞きしたいのですが、あなたには、何か心当たりはありますか？」

と、亀井が答えると、

「私は金沢から京都に来て、面白い事件にぶつかったと思って、会社には、内緒にして、事件のことをいろいろと、調べているんです。面白い事件なら、それを種に大きな出版社に、売り込みたい。そう思っていますから、もしかすると、それに対する、何か、抵抗のようなものが、あるのかもしれません」

と、黒木が、いう。

「今までに、あなたが、この事件のことで、会った関係者は、全部で、何人くらいいるのですか？」

と、亀井が、聞いた。

「さあ、何人になりますかね。正確な数は分かりませんが、かなりの数になると、思いますよ。とにかく政治家や金持ちから、映画関係者まで、さまざまな人に会って話を聞いていますからね。そういう人たちが、全部絡んでいるような事件ならば、面白いと思っています。上手くいけば、本を一冊書けますからね」

黒木は、目を光らせて、いった後、言葉を続けて、

「しかし、これは、映画の話ですよ。映画のストーリイが最初と、変わった。あるいは、歴史に忠実な映画を作れという声が、高くなったりしている。そういうことで、なぜ僕が、命を狙われなくてはならないのですか？　いったい誰が、何のために、僕を殺そうとするのですか？」

「たぶん、犯人にとって、目障りな存在なんでしょうね。いないほうがいいんですよ」

「いったい誰が、そんなことを、思っているんでしょうかね？　僕には、そんな力はありませんよ。雑誌の記者だといっても、うちの雑誌は社会問題を取り上げるような雑誌ではありませんしね」

「しかし、今回に、限っていえば、社会問題を、取り上げていますね」

「それは、今回の取材対象が、おかしかったからです」

「とにかく、何かの事件に、鼻を突っ込んでいるんですよ。はっきり意識していなくてもです」

十津川が、いい、

「あなたをはねた白いベンツに、心当たりはありませんか?」

と、亀井が、聞いた。

「ありませんね。僕の仲間は、だいたいが、国産車ですから」

「もう一度、昨日のことを、お聞きしたい。車にはねられて、病院に担ぎ込まれる前のことです。君の話では、映画の関係者にいろいろと、当たっていたということですが、いちばん最後に、誰に、会ったんですか?」

「映画関係者が、意見をいってくれないんですよ。誰もが自分は、ただ仕事として、映画を作っているだけで、詳しいことは、分からないと、そんなことしか、いわないんですよ。そこで、ひょっとすると、この映画関係者の上に立っているのは、古賀代議士ではないか。現在、幹事長になっている古賀さんではないかと思ったんです。そこで、古賀代議士の連絡先を調べて、事務所に電話をしてみたんですが、電話に出たのが、加藤さんという秘書でした。そこで、自分は今、『北の城の花嫁』という問題の映画について調べている。古賀代議士も、その映画に、関係しているのではないかと、単刀直入に、聞いたのです。そうしたら、そんなことは一切ないと、否定しましたよ。いつまで京都にいるのかと、聞かれたので、あと二、三日は、いるつもりだ。何とかして、事件の謎を解いて、どこかの出版社に、売り込みたい。そういったのです。それで、終わりです」

「その日、車にはねられたわけですね？」

「そうです。はねられました」

「古賀幹事長の加藤秘書が、犯人だとは思いませんか？」

と、亀井が、いった。

「どうして、加藤秘書が、僕を、はねなくてはならないのですか？　こっちは別に、加藤秘書の秘密を握っているわけではありませんよ。古賀幹事長のことも同じです。だから、命を狙われる理由が、ないんです」

と、黒木が、いった。

看護師が検温に来たので、それを潮に、十津川と亀井は病院を出て、近くの湯豆腐の店で、少し早めの夕食を、取ることにした。

「警部は、黒木をはねた白いベンツは、古賀幹事長の加藤秘書が、運転していたと思いますか？」

箸を動かしながら、亀井が聞いた。

「たぶん、そうだろう。可能性が高いと思っている」

「動機は何ですかね？」

「もちろん、自分が仕える古賀代議士の秘密を守るためだ。しかし、その秘密が、どんなことなのか、私には分からない」

亀井は、黙ってしばらく箸を動かしていたが、急に箸を置くと、

「最近、政治家がやたらに不倫問題で消えていきますね」

と、いった。

「カメさんは今、十五年前の古賀代議士のことを、考えているんだろう？」

「そうです。あの時、古賀代議士は、結婚していたんじゃありませんか？」

「たしか、結婚したばかりじゃなかったかな」

「それなのに、女優の、宇野喜代子と関係しました。その頃、古賀代議士は、厚労大臣の職についていましたが、今ほど、週刊誌が書き立てるようなことも、ありませんでしたから、経歴に、傷がつくようなことには、ならずにすみました」

「たしかにそうだよ」

「しかし、十五年後の今は、週刊誌もうるさいですから、もし、古賀代議士が、現在幹事

長ですが、総理にでも、なったりしたら、一斉に、あることないことを、書き立てるのではありませんか？」

「しかし、何といっても、十五年前のことだからね。十五年後の今になって、わざわざ、週刊誌が問題にするとは、思えない。第一、誰もが、そんな話は、忘れてしまっているんじゃないかな」

と、十津川が、いった。

「そうかも、しれませんね。たしかに、何かきっかけがなければ、十五年前のことを、思い出すことはないと思いますね」

亀井自身も、その話は途中で止めてしまった。

その後、食後のコーヒーを飲むことになって、突然、十津川がいった。

「映画だよ、映画」

と、いった。

「映画って、今撮ろうとしている『北の城の花嫁』の再映画化ですか？」

「そうだよ」

「しかし、今は、ひたすら歴史通りの正確な映画にしようとしてやっていますよ。それが何かの問題になるとは、私にはちょっと思えませんが」

「たしかに、歴史通りの映画なら、何の問題もないかもしれない。しかし、誰もかれもが、誰が、責任者かも分からないままに、とにかく早く、映画を作ろうとしている。つまり、歴史通りの映画なら、古賀は、何も困らないんだ」

「それなら、なおさら、困らないのなら静観していればいいわけですから。彼が、その映画を、どうこうしようとは考えないと、思いますが」

と、亀井が、いった。

「たしかにそうだ。が、最初は、そういう歴史通りということではなかった。有名な脚本家の井上昭が、最初のストーリイを、考えていた。そのストーリイ通りにやると、古賀にとって困ったことになったんじゃないかね？　その映画が当たってしまえば、その映画のストーリイにしたがって、古賀に注目が集まる。映画が当たれば当たるほど、古賀は困ったことになる。だから、その脚本は捨てて、全く別の新しい脚本を作った。古賀の名前が出ると困るので、表向きは歴史に正確な映画を作る。そういうもっともらしい、理屈をつけて、今度の『北の城の花嫁』の映画を作る。古賀は、そういうことで、今度作る映画が、自分に害を及ぼさないように、したんじゃないのかな」

「そうした古賀代議士の要請に対して、スポンサーの、ジャパンフーズの小野寺夫妻も、映画を配給する、S映画の渡辺社長も、新しい監督も脚本家も、全員が右に倣《なら》えをしている。つまり、そういうことですか？　しかし、ジャパンフーズは、企業です。新しい映画を宣伝に使いたいから、金を出したんだと思いますよ。そんなスポンサーが、古賀のいうことを聞くでしょうか？」

「だから、いうことを、聞かせるようにしたんじゃないか？」

「どんなことを、してですか？」

「古賀は現在幹事長だ。おそらく、そのうち、官房長官になり、総理大臣になる。そのときになってジャパンフーズを喜ばせるようなことをしてやる。例えば、ジャパンフーズが、全国にチェーン店を増やそうとしたとき、何か抵抗があれば、総理大臣になった古賀が、ジャパンフーズのために動いてくれる。そういう約束をしたんじゃないか。だから、スポンサーのジャパンフーズも、おとなしく古賀のいうことを聞いている。こうした映画の場合は、金を出したスポンサーが、いちばん力を持っているから、突然、監督を替えたり、脚本家に自分たちに都合のいいような内容の脚本を、書かせることも出来たんだ」

「こうなると、何が何でも、井上昭が書いた脚本を、読みたいですね」

と、亀井が、いった。

第八章　正史から秘史へ

1

十津川は、全ての事件のカギを握っているのは、井上昭という、シナリオライターとしては大家といわれる男であると考えている。いや、正確にいえば、この井上昭が書いたとされる映画「北の城の花嫁」のシナリオだった。

この井上昭という脚本家は、火事で亡くなっており、彼の自宅マンションも焼けてしまった。見つかっていない問題の映画「北の城の花嫁」の脚本も焼失してしまったのではないかといわれているが、十津川は、そうは、思っていなかった。

井上昭は、問題の脚本を最後まで、書き終えていたといわれている。そんな大事な脚本をマンションの部屋に置いておき、火事とともに焼けてしまったとは、十津川には、とても、思えないのだ。それに、コピーして関係者に送っているのではないか？

そこで、十津川は、井上昭という脚本家について、調べてみることにした。すると、彼は若い頃、篠崎洋子《しのざきようこ》という、女性の名前を使って、軽いロマンチックコメディのような、ドラマの脚本を書いていたらしいということが、分かった。

井上昭が、女性のペンネームで脚本を書いていたのは、その頃の作品が、型にはまった、いわゆるロマンチックコメディに限られていたからだろう。彼としては、そんな脚本を書くことが、おそらく、恥ずかしかったのだ。

それが、ある時から、大監督と呼ばれた川原明弘《かわはらあきひろ》と、組むことになった。彼は、篠崎洋子から本名の井上昭に戻り、この大監督、川原明弘と組んで、大作映画のシナリオを書いていった。特に戦国時代、あるいは、明治維新前夜など、その時代を、舞台に、歴史的な事実を踏まえて書かれた井上昭の脚本は、川原監督によって歴史映画として多くの賞を獲得することになった。

この二人のコンビは何年も続き、井上昭の脚本は、監督・川原明弘にとって、なくてはならないものになっていった。

しかし、川原監督は五年前に、ガンを患って死亡した。その後、井上昭は独立し、多くの、歴史に基づいた雄大なストーリーの脚本を書き、その脚本によって、何人もの監督が賞を受けている。

今回、新しい「北の城の花嫁」の映画化に、スポンサーのジャパンフーズは二十億円を出資したといわれる。ジャパンフーズの小野寺社長は、この有名な脚本家、井上昭に、脚本を依頼したといわれていて、脚本は、すでに、出来上がっているという人が何人もいるのである。

十津川は、それを確信していた。井上昭の脚本が、なかなか出来ないうちに、焼死したので、急遽、新人の工藤という脚本家に、依頼したのだといわれている。しかし、普通なら、もう少し井上の脚本が見つかるのを、待つだろう。

さらに調べていくと、井上昭は、今も、大監督・川原明弘のことを、慕っていて、新しい脚本が、出来上がるたびに、コピーしたものを川原監督の墓前に捧げる。それを、川原監督が亡くなってから、五年間ずっと続けてきたと、十津川は聞いた。

そこで川原監督の墓のある都内の光明寺という寺に、十津川は、亀井と、訪ねていった。

その光明寺の住職に会って、十津川は、話を、聞くことにした。十津川の質問に対する住職の答えは、明快だった。

「刑事さんのおっしゃる通りですよ。いつも井上昭さんは、脚本が出来るとうちの寺に来て、その一冊を、川原監督の墓前に捧げていましたよ。今回も同じで、『北の城の花嫁』

の再映画化の脚本も、先日、完成したといって持って来られて、川原監督の墓前に捧げておられました」

と、住職が、いった。

「井上さんが持ってきたその脚本は今、どうなっていますか？　まだ、墓前に捧げたままになっていますか？」

と、十津川が、聞いた。

「もちろん、何日か、墓前に捧げてから、お返ししました」

と、住職が、いう。

「それは、井上昭さん本人に返したのですか？」

「いえ。違いますよ。いつもの通り、川原監督のご遺族にお送りしました。それにしても、そのあと、やたらにおかしな電話がかかってきて、井上昭の新しい脚本がそちらにあれば、すぐに取りに行くといい、最後は、記念として百万でも二百万でも、買いたいというので、腹が立って、今回は井上さんは何も持って来ていないと、返事しました。それにしても、あの電話は、何なんですかね」

と、住職は、いう。

「川原監督には、確か奥さんがいましたね？」

と、十津川が、きいた。

「ええ。奥さんと息子さんがいらっしゃいますよ。息子さんは、亡くなった川原監督のように、映画監督にはなりませんでしたが、やはり映画の世界に進んで、現在は映画評論の仕事を、なさっています。その方に、いつものように、井上昭さんが書かれた脚本をお送りしました」

「現在、川原監督のご遺族は、どこに住んでいらっしゃるのですか?」

「東京の郊外、青梅に、住んでいらっしゃいますよ」

住職は、くわしい住所を教えてくれた。

その家は、JR・青梅駅の近くにある、和風の、いかにも、歴史映画が好きだった川原監督に相応しいたたずまいだった。そこで、十津川は、未亡人に会い、例の脚本について聞いてみた。

十津川が考えていた通り、井上昭の問題の脚本は、川原監督の遺族のところにあった。それを、見せてもらった。

パソコンで打たれた、数百ページもある、分厚い脚本である。オリジナルは、井上昭本人が持ち、コピーしたものは、今もなお川原監督の遺族に渡されていたのである。

オリジナルの井上昭本人が持っている筈の脚本は、現在、無くなってしまっている。おそらく、それを発表してほしくない人間がいるのだろう。

十津川は、こちらにあった井上昭の脚本、新「北の城の花嫁」を、コピーしてもらい、それを持って捜査本部に戻った。

彼は、その脚本をまず自分が読み、その後で、部下の刑事たちにも、回し読みさせた。刑事たちの感想も聞きたかったからである。

さすがに、脚本家として、大成した井上昭の脚本は、素晴らしいできばえのものだった。いわば一編の叙事詩である。

しかし、今回は、そのことに重点を置いて読むことはしなかった。現在、工藤という新人の脚本家が書いている新しいシナリオ、そして、十五年前に映画になった「北の城の花嫁」とは、どこが違うのか、それが知りたかったからである。

そして、その違う点が、十津川にもすぐに分かった。

井上昭の脚本にはあって、工藤が書いている脚本には、全くない項目が、あったのである。その場面は、十五年前の映画にも、なかったものだった。

2

若き長尾重里について書かれた、今までになかった一章である。
長尾重里は、幼き時から武術に憧れ、特に馬術を好んだ。十五歳になった時、重里は、自分が愛馬に乗って疾走する姿を絵に描かせ、それを、長尾家の菩提寺に奉納したという。現在でも、その絵は、同じ寺に保存されていて、誰でも自由に見ることができる。
十五歳の時の若き長尾重里の颯爽《さっそう》とした姿である。これがその絵に付された説明だが、その章に書かれた若き長尾重里のエピソードは、それと真逆の、ある意味、血にまみれたものだった。十津川は、それを丁寧に読んでいった。

――×――

シーン十五
長尾重里、十五歳と、教育係の木村愛之助、五十歳が馬を駆って颯爽と走っていく。川の手前で、木村愛之助が馬を止めて、重里に向かい、

「この川の向こうは、前田藩ですから、ここで、引き返しましょう」

と、いった。

「いや、構わんだろう。前田藩は、うちよりも小藩だ。もし、ケンカになったとしても向こうが謝ってくる。おれは、この川を一度、馬で渡ってみたかったんだ」

と、重里は、いい、勝手に川の中に馬を進めていく。木村愛之助は慌てて、その後を追った。

愛之助が川を渡り切らないうちに、長尾重里は、勝手に、馬を走らせて、愛之助の前から姿を消してしまう。重里の姿を探している木村愛之助。しかし、前田藩の若い農夫を馬で追い回して喜んでいる、十五歳の長尾重里。

シーン十六
長尾藩に帰った後、教育係の木村愛之助が、十五歳の重里に向かって、こんこんと、意見をいっている。
「たしかに前田藩はわが藩に比べれば、取るに足らない小藩ではありますが、小さな藩だからといって、その藩に馬を乗り入れ、勝手に走り回ってもいいということにはなりません。前田藩は、小藩とはいえども、一つの、独立した立派な藩だからです。藩主もいれば、侍も農民もいます。そこを勝手に走り回っては、相手の体面を傷つけることになります。ですから、あのような乱暴な行動は、どうか、慎んでいただきたい。よろしいですね？」

子供にいい聞かせるような木村愛之助の言葉で、長尾重里は、

「分かった。分かったよ」

と、面倒くさそうに、いう。

シーン十七

一人で馬を駆っている重里。木村愛之助の姿はない。先日と同じ川を平気で渡っていく。

桜の木の下で花見を楽しんでいる前田琴姫、十五歳と乳母が一人、警固の若侍が二人。

そこへ長尾重里が馬で走ってきて、立ち止まる。

二人の若侍が、琴姫を守るようにして、馬の前に立ちはだかった。

「何者だ？」

「長尾藩の長尾重里である」

その言葉で、二人の若侍は、ひざをつき、軽く一礼する。

「そこにいる姫君は誰か？」

と、重里が、聞く。

「こちらにいらっしゃるのは、前田藩の姫君、琴姫です」

乳母が、答える。

「美しい。ぜひとももう一度、ゆっくり会いたい」

とだけいうと、重里は、馬を駆ってその場から立ち去った。

その後、若侍が、切歯扼腕《せっしやくわん》して、

「いかにも長尾藩は、わが前田藩よりも大藩だ。しかし、だからとはいえ、あの不作法は許せぬ」

と、二人が、激高している。

「もう帰りましょう。少し寒くなってきました」

と、琴姫が、いった。

シーン十八
長尾藩の城内。重里が、教育係の木村愛之助に向かっていう。

「先日、前田藩の琴姫を、見かけた。実に美しい。私は、あの姫君が欲しい。何とかならないか?」

「私が調べたところ、すでに、結婚の相手が決まっております」

「それは誰だ？」

「高浜《たかはま》藩の高浜治行《はるゆき》様です。お二人は、今年の秋には、結婚することになっているようでございます」

「高浜藩といえば、前田藩と同じような小藩ではないか。それならば、わが長尾藩のほうから、琴姫が欲しいといえば、何の問題もなく、その通りになるのではないのか？　だとしたら、そのようにしたい」

「いいえ、そうはなりません」

「どうしてだ？」

「いかに前田藩も高浜藩も小藩とはいえ、一国の主。こちらのいう通りにはなりません」

「そこを何とかせい」

と、長尾重里は、いい、不機嫌な顔で部屋を出ていってしまった。

シーン十九
前田琴姫の花嫁行列。これから高浜藩に嫁入りするのである。嫁入り行列といっても、小藩なので、人数は少ない。
国境まで来ると、琴姫は駕籠《かご》を止め、

「しばらくの間、私を一人にしてください」

と、いい、駕籠を出ると、乳母と二人で、小高い丘を登って行った。そこから前田藩がよく見える。

琴姫は、ふり返って、

「あの山の向こうが、高浜藩ですね？」

と、いう。

「国境には、高浜治行様が、お迎えに来ていらっしゃいます」

「あそこに嫁入りしたら、故郷には、あまり帰れませんね」

「そんなことはありません。それは、お姫様次第です」

そんな話をしているところに、突然、馬に乗った長尾重里が、飛び込んでくる。あっという間に、嫁入り衣装の琴姫を引きさらって走り去った。その後を、若侍たちが慌てて追いかける。

だが、どこに行ってしまったのか、長尾重里も琴姫も見つからなかった。

シーン二十
高浜藩と長尾藩との国境。長尾藩に飛び込んでいこうとする高浜治行を、若侍たちが必死に止めている。

「このままでは、私の男がすたる。これから長尾藩に乗り込んでいき、前田琴姫を奪い返してくる」

と、治行が、叫ぶ。

「まず本家の加賀藩の意向を聞かなくてはなりません。長尾藩の若君が前田琴姫を奪い去ったことを、加賀藩の藩主に申し出、加賀藩の裁量を待つ必要がございます」

「そんな時間はない。今すぐ決着をつけたい」

「しかし、いたずらに戦火を交えれば、本家の加賀藩からどんなお叱りを受けるか分かりません。ヘタをすれば、高浜藩が、潰されてしまいます」

と、若侍が、いうと、治行は、ちょっと考えてから、

「それでは、どうすればいい？」

「今も申し上げたように、このことを加賀藩に伝え、裁断を待ちましょう。それが、得策かと思います」

と、若侍が、いった。

シーン二十一

長尾の城内。重里を囲む若侍たちに向かって、

「琴姫は、どうしている?」

と、重里が、聞く。

「誰にも会いたくない。そういわれて、ずっと部屋に、閉じこもっておられます」

「後で私が行く」

「それより、今回のことを、親元の前田藩に対して、どのように、説明されるおつもりですか?」

と、若侍が、聞いた。

「そのまま、私の気持ちを、説明したらいい。何としてでも私は、前田琴姫が、欲しかった。自分のものにしたかった。ただそれだけのことで、ほかに理由はない」

「お気持ちは分かります。しかし、今は戦国の世ではありません」

「戦いをすればいいだろう。前田藩が取り返しに来たら、戦えばいい。あんな小藩、うちの力を以てすれば一撃で潰せるだろう」

「たしかにその通りでしょうが、もし、加賀藩が来たら、どうなさいます?」

「そうしたら、琴姫が、高浜藩に嫁ぐのが嫌で、わが藩に逃げてきたといえばいい」

「そんな嘘は通りません」

「どうせ加賀藩だって百万石を守りたいだろう。内紛を起こしたら、江戸が黙ってはいないからな。馬鹿なことはしないはずだ」

と、重里は、平気な顔で、笑う。

「それよりも愛之助は、どうした？　どこかに出かけたのか？　朝から姿が見えないが」

「今朝、こちらの使いとして前田藩に向かいました」

「どうして？」

「今回の件を、お詫びするためです」

「詫びるため？　あんな小藩に、どうして、頭を下げなくてはならぬのだ？」

「先ほども申し上げたように、今は、戦国の世ではございません。無用な戦いは避けなければなりません」

「またそれか。私はできれば戦国の世に生まれたかったんだ。今は、何もかもが規則ずくめで、縛られているような気がして面白くない。肩がこる！」

重里が、大きな声を出した。

シーン二十二

加賀百万石の城内。二人の家老が話し合っている。

「困りました。高浜藩から訴状が来ています。長尾藩の長尾重里のやったことは、どうにも、我慢がならぬ。長尾藩をきつく罰していただきたい。そういう訴状です」

「本当は、どうなんですか？」

「どうやら長尾重里が、わがままな、振る舞いをしたと思われます。前田藩から高浜藩に輿入《こしい》れしようとしていた姫君を、途中で奪い取って連れ去ったのですから」

「高浜藩は、その姫君を取り返し、長尾藩を、罰してくれ。そういうのですね？」

「ええ、そうです。困りました。そのためには、少なくとも百人の侍を、長尾藩に差し向ける必要があります」

「それから？」

「もし、いうことを聞かなければ、長尾藩は取り潰しです」

「そんな騒ぎを起こしたら、幕府は、黙って見てはいないでしょう。これ幸いとばかりに、加賀藩も、潰そうとするはずです。それだけはどうしても避けたい」

「それなら、何事もなかったことにして、強引に収めてしまいますか？」

「そうですね。それが、いちばんの解決法でしょう」

「そうすれば、長尾藩は大人しく琴姫を前田藩に、返しますか？」

「たしかにそれが筋ですが、前田藩は、受け取らないでしょう。傷ものになった琴姫を、改めて、高浜藩に輿入れさせるわけにはいきませんからね」

「それならば、高浜藩と前田藩を、黙らせ、琴姫は、長尾重里に、輿入れすることにしますか?」

「それができれば、次善の筋道と思いますが」

「では、まず高浜藩と、前田藩を呼んで、こちらの意向を、伝えましょう」

シーン二十三
長尾重里の教育係をしている木村愛之助が、今回のことは、私の責任として割腹《かっぷく》自殺した。そこには、前田藩と高浜藩に対する詫び状が残されていた。

シーン二十四
琴姫の乳母になっている腰元から重里に向かって、

「ご典医から、報告によれば、琴姫様がご懐妊されたということです。誠におめでとうございます」

という。それに対して、重里はニッコリして、

「そうか。それならこれでもう、誰も文句はいわないだろう。琴姫は名実ともに、私の妻

になったのだ！」

と、叫んだ。

シーン二十五

加賀藩の城内。家老の二人が話し合っている。

「長尾重里が連れ去った前田琴姫が、懐妊したそうです」

「それではもう、琴姫は、前田藩には、帰れませんね」

「長尾重里の教育係を務めている木村愛之助という者が、前田藩と高浜藩に対する詫び状を書いてから、割腹自刃をしています」

「これで、何とか収まりましたか」

「一見すると、収まったようにも見えますが、まだまだ、分かりません。何しろ、恨みというものは、年月が経って消えるものもあれば、逆に、増すものもありますから」

「あまり脅かさないで下さい。あんな小藩のことで、わが加賀藩のような大藩が、いちいちオタオタしていては、大藩としての面目が、潰れてしまいますよ」

「それでは、この話は、もう考えないことにしましょう。どこが何をいってきても、一切取り合わないようにいたしましょう。それでよろしいですね？」

シーン二十六

前田藩の城内。若侍が数人集まって、何やら不穏な空気である。

「けしからん」

一人が、拳を振りあげる。

「長尾藩の長尾重里が、わが前田藩に向かって、改めて琴姫と婚約する。ついては、婚約の祝いをよこせといってきたそうだ」

「どこまで無礼な」

「加賀藩では、このことをどう思っているのか？」

「おそらく困っていることだろう。この平穏な時代に、戦いは絶対にしてはいけないと思っているはずだ。だから、われわれが長尾重里を討とうとしても、禁じられるに決まっている」

「しかし、だからといって、このまま、黙っているわけにもいかん」

「長尾藩の大殿は、いったい何を考えているのか？　子息の重里が、こんな勝手放題なことをやっているというのに、父親として、黙っているのか？」

「どうする？」

「かくなるからは、まず加賀藩に訴え出ようではないか。このままでは前田藩の面子《めんつ》が潰れる。そう書けば、加賀藩でも何らかの手を打ってくれるのではないだろうか？」

シーン二十七

加賀藩の城内。例の二人の家老。

「困りましたね」

「前田藩から訴えが来たのですね？」

「そうです。これはどう考えても、長尾重里のほうが悪い。そう思いますね。姫君を奪っておいて、婚約の祝いを出せといっているんですから、これはどう考えても、長尾重里の横暴でしか、ありません」

「たしかに、その通りですが、どうしたらいいと思いますか？」

「この際、長尾藩に、お灸を、据えましょう」

「どうやって？」

「このまま重里のわがままを放っておくのかと、強く叱責すれば、何らかの手を打つでしょう」

「もし、打たなければ？」

「その時はその時です。また改めて別の手を考えましょう」

シーン二十八

前田藩の若侍たち。

「やっと加賀藩が、われわれのいうことを聞いてくれた」

「長尾藩主が、加賀藩に叱られて、とうとう長尾重里と琴姫の二人を、長尾湾の海沿いにある別邸に移したそうだ。この二人に仕える人数は、わずか七人だという。われわれが一斉に踏み込めば、長尾重里の首を取ることも、難しくはない」

「しかし、そうなれば、前田藩もお叱りを受けることになるぞ」

「そこを調べてみた。明らかに加賀藩の命令で、長尾藩主は、重里と琴姫、それに、仕える者七人を、海の近くの別宅に移した。ということは、今後、重里が、これ以上わがままをいえば、われわれが、重里を討ってもいいという、暗黙の約束をしたのと同じことだと、私は、そのように、理解している。しかし、行動に移すのであれば、慎重に、やったほうがいい。重里ごときのために、わが藩が、潰れてしまっては、何にもならないからな」

と、若侍の一人が、いった。

もう一人が、声をあげる。

シーン二十九

前田藩の城内。若侍たち。

「長尾重里が、またまたこちらに向かって、わがままな要求を、突きつけてきたらしい」

と、一人が、いう。

「どんな要求だ？」

「今回移された別邸で、改めて、琴姫との婚礼の儀を執り行う。琴姫は、長尾藩の嫁である。それに相応しい贈り物をよこせと、殿に要求してきたらしい」

「もちろん、殿は、そんな要求は断固として拒否されたんだろうね？」

「当然だ。ただ、奥方は娘のことだから、迷っておられるらしい」

「その迷いは、断ち切っていただきたいものだが」

「長尾重里が死ねば、全ての悩みは一挙に、解決する」

「われわれが、決起すれば簡単だが、加賀藩は、どう見るだろうか？」

「先日、ご家老に聞いた。長尾重里が海沿いの別邸に移されたことは、長尾藩主が、重里を見放したということだから、おそらく、加賀藩は何もしないだろう。そういっておられた」

「それでは、われわれだけで重里を討つことにするか？」

「高浜藩の若君も、こちらが決起すれば、一緒に攻めると、おっしゃっている。となれば、なおさら加賀藩も、前田藩と高浜藩の二つを、取り潰すことはできないだろう」

と、若侍が、いう。

「よし、これで決まった。今こそやるべし。おー」

若侍たちが、声を揃えた。

シーン三十
海辺の別邸での婚礼の宴。

重里は正装し、琴姫は花嫁姿である。その宴に連なるのはわずかに七人。そのうちの三人は小間使いだから、侍は四人だけである。

そこに、若侍が息を切らして、飛び込んでくる。

「前田藩と高浜藩の侍三百人が、こちらに攻めてくるという知らせが、ありました」

「そんなことがあるか。加賀藩だって、全く動いていないぞ」

と、重里が、叱りつける。

「加賀藩は動かないだけではなく、前田藩と高浜藩の動きを、押さえてはおりません。まもなく彼ら三百人が、こちらに、攻め込んでくると思われます」

「わが藩は、どうしている？」

「今のところ、長尾城に動きはありません。どうやら、われわれを、助けるつもりはないようです」

「バカなことをいうな。前田藩や高浜藩のような小さな藩の侍など、俺が一人で、蹴散らしてやるわ」

重里は、槍を持ち、部屋を出ていく。

腰元の一人が、琴姫に向かって、

「琴姫様は元々、前田藩のお方ですから、前田藩の侍が攻め込んできても、姫様を殺すはずはありません。それでも、何があるか分かりませんから、一刻も早く逃げてください」

「いいえ、それはできません」

琴姫は、きっぱりと口にすると、立ち上がって花嫁衣裳を脱ぐ。その下は白装束だった。

「どうなさるのですか？」

と、腰元が、聞く。

「私は、前々からこの時を覚悟していましたから、別に迷うことなどありません」

琴姫は、いきなり短剣を引き抜くと、喉に突き刺した。

鮮血がほとばしる。

部屋に戻ってきた重里が、白装束で、倒れている琴姫に向かって叫ぶ。

「バカなことをするな。敵が何人来ようとも、私が守ってやるのに」

そういった途端に、前田藩と高浜藩の侍たちが、ドッと攻め込んでくる。

「火をつけよ！」

重里は、白装束で死んだ血だらけの琴姫を抱きかかえながら、大声で叫ぶ。

誰が火をつけたのか、障子が次々に燃えていく。

シーン三十一
燃え上がる海辺の別邸。炎と煙の中をさ迷う琴姫の亡霊。

シーン三十二
現代の観光客が、七尾市内の寺の前でボランティアの説明を、聞いている。
「最初に若い重里様が、前田藩の琴姫様のことを見初めましてね。その時、姫は十五歳でした。その後、めでたく、結婚したのですが、長尾重里様が事々に、小藩の前田藩をバカにするので、怒った前田藩士が、三百騎の兵力で攻め込んできました。その時、重里様の周囲には、わずか四人の侍しかおりませんでした。お二人は、深く愛し合っていましたが、その場で亡くなりました。その後、花嫁衣裳の琴姫様、あるいは、白装束姿の、琴姫様の亡霊が出るという噂が出たりもしましたが、現代ではもちろん、そんなことは、ありません。何しろ、若いお二人は、愛し合いながら亡くなったのですからね。これが北の城の花嫁の物語です。映画にも、なりました。十五年前に公開された『北の城の花嫁』という作品で、そこには、お二人の悲しい物語が、綴られています。DVDも売っておりますので、ご覧になりたければ、お買い求めください。こちらでも、販売しております」

——×——

井上昭の書いたシナリオ、それには手紙が一通、添えられていた。宛て名は、今は亡き、川原明弘監督である。

最初、川原家の人たちは、

「この手紙は私信なので、誰にも、見せることはできません」

といって、十津川に見せることを拒否した。

それからもう一日、十津川は、説得に当たった。

今回の事件では、人が死んでいる。それも殺人だと、考えられている。その真相を明らかにするためには、井上昭さんが亡き川原明弘さんに宛てた手紙を、ぜひとも読ませていただきたいと十津川は懇願し、丸一日かけてようやく、その手紙を見ることを許された。

その手紙は、

「今は亡き川原明弘監督様」

という言葉で始まっていた。

「監督が生きておられたら、私が書いた脚本は、おそらく川原監督によって映画になっていただろうと、思われます。

しかし、私の書いた脚本は、拒否されてしまいました。

最初、私が、長尾重里の真実を書いたので、それで、拒否されたのだろうと思いました。

十五年前に撮られた『北の城の花嫁』という映画は、ある意味、嘘で固められた、長尾藩の物語です。若い殿様と、前田藩の若き姫君とのロマンチックな恋物語、それが一転して悲劇になっていく。いかにも、現代の人たちにも、受けそうな物語です。

しかし、そこに真実はありません。何しろ、この事件のあった時代は、戦国の世から抜け出して、ようやく、日本全体に平和が、やって来たという、そういう時代でした。

侍たちの中に荒々しさは、まだ十分に残っていた、そんな時代でも、ありました。しかし前に作られた『北の城の花嫁』は、最後に悲劇になっても、甘美な若殿と姫君の恋物語なのです。

私には、それが嫌でした。そこには、明らかな嘘が、あるからです。

調べてみると、このロマンスは、いわば強奪です。もっといってしまえば、強姦といってもいいかもしれません。欲しいものがあれば、力ずくでも、奪ってしまう。そうした荒々しさが残っていた時代の話ですから、甘美な若者と姫君のロマンチックな物語には、したくなかったのです。

小藩と大藩、その上には、さらに巨大な、加賀百万石の藩が、あります。そうした藩の上下関係によって作られた世界。そこで行われた誘拐であり、強奪でした。私は、そのことを、きっちりと書きたかったのです。

もし、川原監督が、生きておられたら、私の書いた脚本を、必ずそのまま使ってくださったと思うのです。小藩の悲劇として、その荒々しさの中に、真実が隠されているといって、映画を作ってくださったと思うのです。

しかし、私が一生懸命書いたその脚本は、どこからかの圧力によって、拒否されてしまいました。

私の脚本を、はたして、どこの誰が拒否しているのか、それが知りたいと思いました。

しかし、映画監督、あるいは、現在もその子孫が生きている長尾藩の人たち、前田藩の人たち、さらに、前田藩と同じように小さな高浜藩の人たち、これらの藩の上に君臨する加賀百万石の重し、そうしたものが、私の脚本を、拒否しているとは、どうしても思えません。なぜなら、私が取りあげたのは、否定のしようのない歴史的な、事実だからです。

そして、私の脚本の拒否の裏には、現在の政治家が関係しているのではないかと、おぼろげながら、わかってきました。いわば政治家の圧力です。

川原監督、あなたが今も生きていれば。そんな政治家のよこしまな圧力など簡単に吹き飛ばして、私の脚本で真実の『北の城の花嫁』を撮ってくださったに違いありません。それを考えると、私は残念でなりません」

3

十津川が、井上昭の脚本と、今は亡き川原監督への手紙から思い浮かべたのは、当然、古賀代議士のことだった。

今から十五年前に「北の城の花嫁」という映画が完成した時、そのヒロインを演じた宇野喜代子、当時十五歳の宇野喜代子と、古賀代議士は、ジャパンフーズの社長が所有していた軽井沢の別荘で、関係を持ち、宇野喜代子は妊娠し、小賀れいらを産んだ。

この二人の関係は、「北の城の花嫁」のストーリイのように、ロマンチックで、甘美なものだと思われている。

しかし、それは、事実とは、違うのではないか？　何しろ、宇野喜代子は、この時まだ十五歳だったのだ。未成年である。それなのに、古賀代議士は、彼女を軽井沢に連れていき、そこで関係を持ったのだ。

「北の城の花嫁」という映画を見た時、心ある人たちは、そこに古賀代議士と宇野喜代子との関係を、想像する。そして、映画のようなロマンチックな関係をイメージしてきた、いわば、古賀代議士は、あの映画によって、守られてきたのだ。

しかし、実際には、今回、井上昭が書いたようなストーリイが、古賀代議士と宇野喜代子との間にも起きていたのではないのだろうか？　古賀代議士は、長尾藩の長尾重里と同じように、十五歳の宇野喜代子を、強引に軽井沢の別荘に連れていき、関係を持った。もっと正直ないい方をすれば、強姦したのである。

それなのに、古賀代議士と宇野喜代子との関係、そして、彼女が産んだ小賀れいらのことも全て、ロマンチックな物語ということになってしまっている。

そこに、井上昭の脚本が、一石を投じた。もし、これが、そのまま映画になれば、人々は、古賀代議士と、宇野喜代子との関係も、これと同じようなものではなかったかと、考えるようになるかもしれない。何しろ、宇野喜代子は、当時十五歳だったからである。古賀代議士が、そんな少女と関係を持った。それだけでも本来ならば、批判されるべきことである。

それなのに、ロマンチックに仕立て上げられた映画のおかげで、古賀代議士の行動は許されてしまいかねない。

その後、古賀代議士は、政権与党の中で力を持っていき、派閥の代表になって、そして、近い将来、総理大臣に、なるだろうともいわれて、期待されるまでに、なっている。

古賀代議士にとって、井上昭が書いた新「北の城の花嫁」の脚本は、彼が最高権力者、総理大臣になるための邪魔になることは明らかである。だから、古賀代議士は、あらゆる手を使って、井上昭が書いた脚本を、潰してしまった——のではないか。

十津川は、これからそれを調べていかなくてはならないのだが、政権与党の幹事長である古賀代議士は、あらゆる手を使って、今回新しく作られる「北の城の花嫁」も、前作と同じく、どこまでも甘いロマンチックな物語にしようとして奔走するだろう。すでにそれらしい兆しは、はっきりと見えている。

歴史研究会も、長尾重里と前田藩の姫君のロマンチックな歴史は、間違いなく真実であると書いている。おそらく、それに合わせて、工藤という新しいシナリオライターは、脚本を、書いたのだろう。

「歴史的真実」という嘘で固めた脚本ができ上がり、そして、ロマンチックで悲劇的、若い男女が好きな新「北の城の花嫁」ができ上がるだろう。

捜査会議で、十津川は、刑事たちに、いった。

「われわれが、これから明らかにしなければならないのは、『北の城の花嫁』のロマンチックな話ではない。一人の政治家が、自分の十五年前の行動を、正当化しようとして、事件を起こしている。今度、『北の城の花嫁』の再映画化についても、井上昭の脚本が、自分の行為を思い出させるとして、拒否し、別のストーリイにするよう要求している。われわれとしては、その政治家と、戦うことになると覚悟しておいて欲しい」

そのあと、十津川は、亀井と、改めて、雑誌「京都望見」の支社長、坂本登に、会いに行った。

正直に、井上昭の書いた脚本について話した。

「こちらが、長尾藩の歴史について、おっしゃっていることと違うのですが、どうなのか、話していただきたいのですよ」

十津川がいうと、坂本は、小さく溜息をついて、

「やはり、井上昭さんは、そんな脚本を作っていたんですね」

「問題は、この脚本に書かれていることが、長尾藩の歴史と一致しているかどうかなのです。それを知りたいのです」

十津川が、いうと、坂本は、一瞬の間を置いて、

「長尾藩には、長尾藩正史と、長尾藩秘史の二つがあるのですよ。長尾藩士が、教えられるのは、正史の方です」

「それは、ほほ笑ましいロマンスの方ですか？」

「ほほ笑ましいロマンスで、結ばれた長尾重里と、前田藩の琴姫が悲劇の中で、亡くなるストーリイの方です。これが、長尾藩の正史です」

「最後は、悲劇でも、長尾藩は正しいという歴史ですね」

「そうですね」

「それを、長尾藩士は、教えられてきた？」

「そうです」

「しかし、事実ではないわけでしょう？」

「そうですが、今も、地元に住む人々は、この正史を信じているし、好きなんですよ」

「だから、こちらの『京都望見』も、正史を、歴史的事実だと、主張しているわけですね？」

十津川が、きくと、坂本は、小さく咳払いした。

「秘史の方が、正しい長尾藩の歴史なんですね？」

「そうなりますね」

「井上昭さんは、どこで、秘史を手に入れたんでしょうか？　それとも、誰かに聞いたのか？」

「そうですねえ」

と、坂本は、考えていたが、

「今から、十年も前でしたかね。亡くなった川原監督が、井上昭さんを連れて、七尾に来られたことがあるんですよ。映画にしたい物語を探しているんだと、おっしゃいましたね。なぜか、そこに、私が呼ばれましてね。いきなり、長尾藩秘史というのがあるそうだが、知っているかと聞かれましてね」

「どう答えたんですか？」

「私が知っているのは、正史で秘史というのは、聞いたことがありませんと、答えました。自分の住んでいる土地の恥をさらすことは、ありませんからね」

「それに対して、川原監督と脚本家の井上昭は、どういいました？」

「ほほ笑ましい物語はつまらない。ダイナミックな悲劇の方に、魅《ひ》かれるから、もし、秘史が見つかったら、知らせてくれと、川原監督はいい、井上さんも、穏やかな歴史は、書く気にならないと、いってましたね」

「その後、秘史を見つけて、川原監督か、井上昭さんに送ったんですか？」

「いや。それはしません。うちとしては、秘史より、正史を守るつもりですから。しかし、川原監督や井上さんは、あの後も、長尾藩の秘史を探して、見つけたのかも知れませんね」

と、坂本は、いう。

十津川は、最後に、もう一つ、聞きたいことを聞いた。

「古賀代議士と、宇野喜代子の話は、ご存知ですよね。十五年前の最初の『北の城の花嫁』の話です」

「話としては、知っていますが、うちは政治に関心は、ありませんから」

「古賀代議士は、今回の映画さわぎに、関係していると思いますか？　こちらに、古賀代議士が何か、いってきませんでしたか？」

「いわなきゃ、まずいですか？」

「われわれは殺人事件を捜査しています」

「そうですか。今回の再映画化の話が生まれたあと、古賀代議士の事務所から、電話がありましてね。再映画の話があるが、長尾藩の歴史に外れたような映画は好ましくない。それで、話があったら、長尾藩の正史を守るように、いって欲しい。秘史みたいなものは、存在しないと、突っぱねて欲しいと、いわれました」

「それで、その通りにされたんですか？」

「S映画の渡辺社長から、問い合わせがあったので、正史を尊重した映画を作って欲しいといっておきました。それだけです」

と、坂本が、いった。

（一歩、進んだな）

と、十津川は、感じた。

このまま、捜査を進めていけば、最後には、古賀代議士に行き当たるだろう。

（その時には、手錠を持って行きたい）

と、十津川は、思った。

解説

細谷《ほそや》正充《まさみつ》
（文芸評論家）

鉄道ファンの数は多く、その楽しみ方も多彩である。電車に乗ることを楽しむ「乗り鉄」、電車を撮影する「撮り鉄」、鉄道関係の音を聴いたり録音したりする「音鉄」「録り鉄」……。どこまで本当なのかは分からないが、数十種類に分類できるようだ。うん、それだけ細分化されているなら「西村鉄」があってもいいのではなかろうか。鉄道ファンで、なおかつ西村京太郎のトラベル・ミステリーを愛する人たちのことだ。主な目的は、物語の舞台や題材になった電車に、その作品を持って乗り込み、車中で読み耽《ふけ》る。まさに「西村鉄」だ。半分は冗談だが、半分は本気である。きっと、そんな行動をしている人がいるはずだ。JR西日本によって運行されている観光列車「花嫁のれん」に、本書と共に乗り込んだ「西村鉄」がいると信じているのである。

本書『能登花嫁列車殺人事件』は、「小説宝石」二〇一七年五月号から十二月号にかけて連載。二〇一八年六月に光文社カッパ・ノベルスで刊行された。ノベルスのカバー袖に

付された「著者のことば」で、

「最近は、観光列車ばやりである。しかも、その殆《ほとん》どが成功している。北陸に生まれた『花嫁列車』も観光客で賑わっている。それを聞くと、作家としては、その列車の中で、事件を起こしたくなる。美しい花嫁のれんの陰での殺人、果たして上手くいったか、読んでくだされればさいわいです」

とある。「花嫁のれん」の運行開始は、二〇一五年十月三日だ（二〇一九年から、西日本ジェイアールバスにより、特別仕様貸切バス「花嫁のれん第二章」も運行されている）。とんでもない鉄道ファンとして知られる作者のこと。そのときから「花嫁のれん」に注目し、想を練《ね》ったのではないか。「花嫁のれん」の中で起きた、不可解な出来事から始まる本書の内容が、このことを強く感じさせてくれるのである。

それにしてもだ。作者の貪欲《どんよく》な姿勢には頭が下がる。一九三〇年生まれなので、本書の連載は八十代の後半。それなのに最新の情報を取り入れ、面白い作品にしてしまう。ついでにいえば二〇二一年現在も、複数の連載を抱えて健筆をふるっているのだ。ミステリー界の大長老が、最前線を突っ走っている。それはミステリー・ファンにとって、とても嬉しいことなのである。

閑話休題。作品の内容に踏み込むことにしよう。雑誌「鉄道アラカルト」の編集者の黒《くろ》木《き》は編集長から、北陸を走る観光列車「花嫁のれん」の取材を命じられた。新人の編集者・鬼名綾乃《おになあやの》をカメラマン役にして、ふたりは「花嫁のれん」に乗り込む。ここで石川県を中心とした旧加賀藩一帯に昔から伝わる伝統を使った「花嫁のれん」の特徴や、内部の様子が手際よく説明される。乗ってみたいと読者に思わせる筆致は、作者ならではのものであろう。

車内で弁当を楽しんでいた黒木と鬼名だが、一号車の方が煩《うるさ》くなり、花嫁衣装を着た女性が通路を歩いてきた。女性は七尾《ななお》駅で降りたようだ。「花嫁のれん」のイベントかと思ったが、違うようである。いったい何だったのか。翌日、七尾で取材を続けるふたりだが、有名な絵師・長谷川等伯《はせがわとうはく》と縁の深い本延寺《ほんねんじ》で事件に遭遇。花嫁衣装を着た女性が死んでいたのだ。衣装は違っているが、昨日の女性と同一人物なのか。これを切っかけに黒木は事件にのめり込んでいく。

死んだ女性は、十五年前に映画『北の城の花嫁』で主役の姫君を演じた宇野喜代子《うのきよこ》であった。石川県警七尾警察署の篠原《しのはら》刑事は、黒木の同行を認めながら捜査を進める。やがて映画撮影時に十五歳だった喜代子が妊娠していたこと。子供が生まれた後に渡米したことが判明。子供の父親が、与党の大物の古賀《こが》代議士であるという噂も知った。

さらに、喜代子の子供の小賀《こが》れいらも帰国し、モデル活動を始める。仕事で金沢に行ったれいらに、古賀代議士の関係者が接触。やはり古賀代議士とれいらは父娘《おやこ》なのか。事件の関係者が東京中心であることから、警視庁の十津川《とつがわ》警部と亀井《かめい》刑事のコンビも捜査に加わることになった。れいら主演で『北の城の花嫁』の再映画化が決定したが、なぜかストーリーが史実に沿っているかどうかで論争が起こる。そこに事件の突破口があると感じた十津川警部。だが再映画化の話によってなのか、事件は京都にまで波及。新たな殺人事件が京都で起こるのだった。

「花嫁のれん」から始まった事件は、金沢・東京・京都と大きく広がっていく。後半は京都が中心になり、『北の城の花嫁』のリメイクしたストーリーが、重要な焦点となる。もともとのストーリーで描かれた、七尾にあった長尾《ながお》藩の若君と、前田藩の姫君のラブ・ロマンスは、史実をベースにしたフィクションである（念のために書いておくが、この史実も作者の創作だ）。

トラベル・ミステリーの雄として知られる作者だが、初期には読物雑誌に歴史・時代小説の短篇を何作か発表している。ミステリー作家としての地位を確立してからも、『無明《むみょう》剣《けん》、走る』という痛快極まりない時代伝奇小説を上梓しているのだ。歴史・時代小説の素養も、充分すぎるほど持っているのである。だからだろう。本書もそうだが、よく西村作品には歴史ネタが投入されている。私のような歴史・時代小説好きには、そこも楽しみになっているのだ。もし作者が『北の城の花嫁』を小説化してくれたら、どんなドラマチック・ストーリーになるかと想像して、ついニコニコしてしまうのである。

妄想はこれくらいにしておこう。物語における史実の扱いは難しい問題だ。映画が面白くなるならフィクションでいい。映画とはいえ史実を歪《ゆが》めるのは許せない。本書では両派の意見が飛び交うのだ。これは実際にありそうな話である。

歴史は常に修正される。現在でも新たな史料が発見され、いままでの常識が塗り替わることがある。こういう修正は歓迎だ。しかし一方では、自分の思想や利益のために歴史を修正しようという動きもある。偏った思想による歴史修正の言説は、ネットを見れば幾らでも転がっている。また観光地が、売りとなる史実を創り出そうとしたという話も聞くことがある。論外としかいいようがない。ミステリーのエチケットとして詳しく触れないが、本書の事件の真相は、このような風潮を危惧《きぐ》し、警鐘《けいしよう》を鳴らしたのではなかろうか。

ところで作者は二〇一〇年、「多年にわたり、広く人々に愛され親しまれる数多くの作品を発表してこられた類《たぐい》まれな実績と、その優れた功績に対して」、第四十五回長谷川伸《はせがわしん》賞を受賞した。大正期から作家として活躍していた長谷川伸は、一方で作家の親睦団体である二十一日会を結成し、機関誌の「大衆文芸」を発行。その後、二十一日会は新鷹会《しんようかい》へと名前を変え、作家志望者や新人作家の修練の場となったのである。その新鷹会に、作者も所属していた。長谷川伸賞受賞を記念して、「大衆文芸」に発表したミステリー短篇をまとめた『幻想の夏』の冒頭に掲げられた書き下ろしエッセイ「長谷川伸先生のこと」で、江戸川乱歩《えどがわらんぽ》と長谷川伸を、勝手に師と決めていたことや、新鷹会への入会の経緯などが書かれている。その中で特に注目したいのが、

「『瞼《まぶた》の母』に代表される時代物作家と思っていたのだが、戦後、日本軍による捕虜虐待が批判された時、長谷川伸は、これは、本来の日本人の姿とは違うと考え、日露戦争の時、第一次世界大戦の時の日本軍兵士が、いかに、敵の捕虜に対して、礼儀正しく接したかを調べ、それを一冊の本にして、発表したことを、私は、知った。時代小説の作家であると同時に、愛国者でもあったことがわかったことで、私の頭の中の長谷川伸が、人間的に大きな存在になっていった」

と書いている部分だ。作者が読んだのは、『日本捕虜志』だろう。『日本捕虜志』昭和三十年版「序」を見ると、長谷川伸は捕虜に関する史料を戦争中から集め、執筆に着手し

ていた。それを稿を新たにして『日本捕虜志』と題し、「大衆文芸」に一九四九年から連載したのは〝殊《こと》に占領軍が指摘し非難し憎悪したる捕虜問題に対し、感憤の禁《とど》めがたきものがあってのことである〟。これを読めば分かるが、歴史を正しく伝えることで、日本人に対する誤解を正そうとしたのだ。

ちなみに作者が新鷹会に入ったのは、一九六五年に『天使の傷痕《しょうこん》』で第十一回江戸川乱歩賞を受賞した後のことである。周知の事実であるが『天使の傷痕』は、当時の重大な社会の問題を題材にし、真摯に向き合っている。初期の西村作品の顕著な特色であり、トラベル・ミステリーで空前のブームを巻き起こしてからも、エンターテインメントに徹したストーリーの下に、同様の想いを脈打たせていた。

だから『日本捕虜志』を読んで感じた長谷川伸への想いと、本書の内容が響き合う。師と同じく、歴史を正しく伝えなければならないという、強い意志が伝わってくるのである。

※初出「小説宝石」二〇一七年五月号～十二月号
※この作品はフィクションであり、実在の個人・団体・事件・地名などとはいっさい関係ありません。
※時刻表は二〇一七年七月のものを使用しています。

（編集部）

二〇一八年六月　カッパ・ノベルス（光文社）刊

光文社文庫

長編推理小説
能《の》登《と》花《はな》嫁《よめ》列《れつ》車《しゃ》殺《さつ》人《じん》事《じ》件《けん》

著　者　西《にし》村《むら》京《きよう》太《た》郎《ろう》

2021年5月20日　初版1刷発行

発行者　鈴　木　広　和
印　刷　堀　内　印　刷
製　本　ナショナル製本

発行所　株式会社　光　文　社
〒112-8011　東京都文京区音羽1-16-6
電話（03）5395-8149　編　集　部
8116　書籍販売部
8125　業　務　部

ISBN978-4-334-79188-9　Printed in Japan

組版　萩原印刷

光文社文庫　好評既刊

特急ワイドビューひだに乗り損ねた男　西村京太郎
祭りの果て、郡上八幡　西村京太郎
聖夜に死を　西村京太郎
十津川警部　姫路・千姫殺人事件　西村京太郎
智頭急行のサムライ　西村京太郎
風の殺意・おわら風の盆　西村京太郎
マンション殺人　西村京太郎
十津川警部「荒城の月」殺人事件　西村京太郎
新・東京駅殺人事件　西村京太郎
祭ジャック・京都祇園祭　西村京太郎
消えた乗組員　新装版　西村京太郎
十津川警部「悪夢」通勤快速の罠　西村京太郎
「ななつ星」一〇〇五番目の乗客　西村京太郎
消えたタンカー　新装版　西村京太郎
十津川警部　幻想の信州上田　西村京太郎
十津川警部　金沢・絢爛たる殺人　西村京太郎
飛鳥II SOS　西村京太郎

十津川警部　トリアージ　生死を分けた石見銀山　西村京太郎
リゾートしらかみの犯罪　西村京太郎
十津川警部　西伊豆変死事件　西村京太郎
十津川警部　君は、あのSLを見たか　西村京太郎
迫りくる自分　似鳥鶏
レジまでの推理　似鳥鶏
100億人のヨリコさん　似鳥鶏
難事件カフェ　似鳥鶏
難事件カフェ2　似鳥鶏
雪の炎　新田次郎
奇想博物館　日本推理作家協会編
悪意の迷路　日本推理作家協会編
殺意の隘路（上・下）　日本推理作家協会編
象の墓場　楡周平
デッド・オア・アライブ　楡周平
痺れる　沼田まほかる
アミダサマ　沼田まほかる